Si te digo mi nombre tendré que matarte

LA TRAMA

Si te digo mi nombre tendré que matarte

Iñaki C. Martínez

Papel certificado por el Forest Stewardship Council®

Primera edición: febrero de 2025

© 2025, Iñaki Cano Martínez
© 2025, Penguin Random House Grupo Editorial, S. A. U.
Travessera de Gràcia, 47-49. 08021 Barcelona

Penguin Random House Grupo Editorial apoya la protección de la propiedad intelectual. La propiedad intelectual estimula la creatividad, defiende la diversidad en el ámbito de las ideas y el conocimiento, promueve la libre expresión y favorece una cultura viva. Gracias por comprar una edición autorizada de este libro y por respetar las leyes de propiedad intelectual al no reproducir ni distribuir ninguna parte de esta obra por ningún medio sin permiso. Al hacerlo está respaldando a los autores y permitiendo que PRHGE continúe publicando libros para todos los lectores. De conformidad con lo dispuesto en el artículo 67.3 del Real Decreto Ley 24/2021, de 2 de noviembre, PRHGE se reserva expresamente los derechos de reproducción y de uso de esta obra y de todos sus elementos mediante medios de lectura mecánica y otros medios adecuados a tal fin. Diríjase a CEDRO (Centro Español de Derechos Reprográficos, http://www.cedro.org) si necesita reproducir algún fragmento de esta obra.

Printed in Spain – Impreso en España

ISBN: 978-84-666-8103-2
Depósito legal: B-21.198-2024

Compuesto en Llibresimes, S. L.

Impreso en Black Print CPI Ibérica
Sant Andreu de la Barca (Barcelona)

BS 8 1 0 3 2

La dedicatoria es simplemente una letra: L

CUALQUIER PARECIDO CON
LA REALIDAD ES PURA
COINCIDENCIA

Imagina despertando después de un sueño profundo, con el sol tenue entrando por la ventana, sabiendo que no tienes ninguna obligación por delante, con todo en silencio. Paz absoluta.

Ahora piensa que estás en una playa desierta. Corre una ligera brisa y las olas te mojan los pies, el sonido del mar y el viento te acarician, el horizonte fluye.

La satisfacción al cerrar un libro que te ha encantado. Cómo se mueve tu mente cuando te levantas de la butaca del cine tras ver una película de las buenas. Tu primera raya.

Un sabor que te sorprende de una copa de vino. Cuando te sonríen de verdad. Tienes muchísimo calor, pero un chorro de aire frío hace que te estremezcas. Saber que has hecho bien algo. Tus padres orgullosos de ti.

A todo lo anterior, súmale el placer que proporciona un buen orgasmo. Pero, ojo, que no estoy diciendo que matar me haga correrme, no, por favor. No soy un desequilibrado. Es la sensación del placer del sexo. O de un gol importante si eres más de fútbol que de follar y no has entendido nada.

Mézclalo todo. Aceléralo. Intensifícalo. Pues eso es lo que siento cada vez que mato.

I

Madrid, miércoles 27 de marzo de 2019

La voz de Anabel González transmitía calidez, la misma que una explosión. Cada vez que entraba en la redacción dando los buenos días se hacía el silencio y solo se oía el repicar de sus tacones. Era una mujer que andaba con confianza. Iba con gafas de sol. Por glamour y para tapar las ojeras. Anabel era una estrella, lo sabía y ejercía como tal. Poca gente podía ir con esa actitud tan temprano. Ella lo hacía porque podía: era la reina de las mañanas de Telepronto y se lo había ganado a golpe de batir récords de audiencia.

Justo antes de entrar en su despacho, dejó flotando el nombre de uno de los ayudantes. Roberto acudió rápido al umbral de la puerta. Antes de cerrarla, miró hacia sus compañeros como despidiéndose de ellos. El único sonido era el del canal veinticuatro horas. Nadie se atrevió a decir nada, mantuvieron la mirada al frente y siguieron trabajando.

—No tengo clara una cosa —dijo Anabel mientras daba vueltas al café que siempre la recibía en su despacho.

—¿El qué, Anabel?

—¿Por qué cuando llego cada mañana tenéis puesto el canal veinticuatro horas de noticias de la competencia en todos los monitores? ¿Esa es vuestra idea de peinar la actualidad y preparar la reunión de guion? ¿Ver un solo canal? —siseó la jefa con una suavidad gélida.

El ayudante no supo qué decir.

—Eh, pues… —vaciló Roberto.

—¿Qué han dicho el resto de las cadenas de nuestra exclusiva de ayer? ¿Quién más lo está cubriendo? ¿Qué periodistas se han quedado la noticia? ¿Hay nuevas declaraciones? ¿Qué se dice en las redes? —inquirió ella.

—No sé, Anabel, es que…

—Es que ¿qué? ¿Qué has estado haciendo las últimas dos horas?

—Preparar lo de XXX, que hoy tiene sección, pero tienes razón, debería saberlo y tener preparado el briefing para cuando llegaras. Eso nos dices todos los días: «Tenéis que estar en todo, tenéis que estar en todo. Los detalles, chicos, los detalles».

Lo que no dijo Roberto era que después siempre pegaba un grito que hacía temblar los cristales de las ventanas.

—Entonces, querido Roberto, ¿por qué no tienes ni idea de nada?

Roberto no dijo nada. No podía. Ni tampoco debía.

—¿Me estás ignorando, Roberto?

—No, no, por supuesto que no —se disculpó.

—Pues sal ahí fuera y vuelve con el puto briefing. Y avísame en cuanto llegue XXX.

—Lo siento.

—Como abras otra vez la boca te despido.

Roberto salió del despacho mirando al suelo y cerró la puerta despacio. La redacción le observa y, sin dar explicaciones, se pone a cambiar los canales y se acerca a la mesa del responsable de guion.

Anabel observa la escena desde su mesa mientras se sostiene una taza. Hoy no es un día cualquiera: hoy van a batir todos los récords de *De buena ma-*

ñana con Anabel, hoy tienen un doblete con el que nadie puede competir.

Hoy Anabel González se va a dar el gusto de destrozar una de las reputaciones más sólidas del país con la investigación más explosiva que se haya visto jamás en la televisión nacional.

II

Madrid, jueves 4 de abril de 2019

La luz entraba por el ventanal, gigantesco e impoluto, con tanta fuerza que era molesta. La mesa, enorme, es de madera maciza. Las sillas, pesadas y de terciopelo rojo, tronos de tortura para los invitados. En aquella intimidante sala llena de gente, secretarios, asistentes o a saber, la única persona que hablaba era el que estaba de espaldas a todos ellos. De pie, mirando la ciudad desde la altura de un piso cuarenta y cinco, observaba el mundo con altivez. Su coronilla, vetada a todas las cámaras de televisión, era lo único que veía el alcalde, que escuchaba atentamente el discurso.

Las palabras que acababa de pronunciar se considerarían una locura en cualquier circunstancia, pero las había pronunciado Valentino. Y, aun así, no dejaban de ser una locura.

El alcalde Martínez Caneya se atraganta con su propia saliva al procesar lo que acaba de decir el presidente de VRS y del Riviera C. F., uno de los hombres más poderosos de España, quizá del mundo y, sin duda, de Madrid. Se le han movido las gafas de sitio. Sabe que es un títere en sus manos. No tiene que acatar sus órdenes, pero casi. Sin embargo, esta última ocurrencia es una barbaridad, un sinsentido. De hecho, es el mayor disparate que ha escuchado en su vida (y eso que, siendo del partido que es, las tramas urbanísticas son su pan de cada día).

—No podemos hacer eso, Valentino. La prensa, la oposición, los vecinos, los activistas… Hasta el último perroflauta nos despellejaría vivos antes de haber presentado siquiera el anteproyecto. Y más después de lo de la tele de la semana pasada… ¿Por qué no esperamos un poco? —suplicó Martínez Caneya.

Los nervios agudizaban la voz ya de por sí aflautada del alcalde. Valentino, crispado, sin volverse, continuó como si no hubiera escuchado a su interlocutor.

—Como te iba diciendo: lo recalificamos discretamente, luego un incendio lo arrasa todo y arreglado. Tú déjame a mí —zanjó Valentino, paternalista.

—Antes de hacer nada, dame tiempo para estudiarlo todo, por favor —tartamudeó Martínez Caneya en un intento de frenar el alud que ganaba velocidad ante sus ojos—. Es algo muy gordo.

—Solo necesito tu firma y del resto me ocupo yo. Ya me dirás cuando esté listo. Puedes marcharte. —Fueron las últimas palabras de la coronilla.

Martínez Caneya se levantó en silencio y abandonó el despacho con la figura de Valentino observando el horizonte. Llamó al ascensor y se dio cuenta de que le temblaban las manos. Sus guardaespaldas, que le habían estado esperando fuera del despacho, le preguntaron si se encontraba bien. No, no se encontraba bien. Acababa de hablar con un demente de nuevo cuño: un loco con todo el poder del mundo, un tirano que se había emborrachado de influencia y dinero. Tenía miedo.

Respiró hondo. Necesitaba salir de allí, quería escapar de ese rascacielos que le provocaba angustia y deseos de huir. Se le taponaron los oídos en el ascensor, que iba tan rápido que parecía que caía en picado, pero al fin había llegado al suelo y veía la salida.

En la puerta le esperaba el coche oficial con el motor encendido. Uno de sus guardaespaldas le abrió la puerta y, antes de ocupar su asiento, el alcalde se detuvo para mirar el cielo azul. Volvió a respirar hondo pero ya con trazas de resignación. Sabía lo que iba a pasar. Si no lograba detener aquello, se desencadenaría una serie de acontecimientos que terminarían con su muerte mediática. Si se dejaba enredar en los tejemanejes de Valentino, lo acabaría arrastrando con él en su caída, y eso sería un seísmo para el *statu quo*, porque a fin de cuentas él era el alcalde de Madrid, ¿no?

Su mente pasada de vueltas dio con el salvavidas que necesitaba. Sacó el móvil y buscó el nombre de Sergio en los contactos.

1

—Gracias, XXX. Como siempre, certero y afilado. Un placer. Hasta pronto.

Tras las palabras de Anabel González, el público me aplaude. Es lo habitual. De hecho es decisión del regidor. Pero yo sé que los jubilados que asisten al programa me quieren, ellos y los que están en casa. Soy el de los asesinatos de la tele, el que mejor los cuenta. Como si los hubiera perpetrado yo... La sección de hoy ha girado en torno a la muerte en extrañas circunstancias del dueño de una discoteca. No estaba en plena forma porque no he dormido más que un par de horas después de mi noche movidita. Nadie en la mesa de colaboradores se atreve a contradecirme. Esta semana no lo tenía fácil: en la sección anterior estaban despellejando a Valentino

Ruigémez, que lleva diez días en candelero gracias a una investigación del equipo de Anabel, que no ha perdonado ni una de las metidas de pata del flamante empresario que ha llevado al Riviera C. F. a la gloria mundial. Pese al desfile de partidos amañados, árbitros comprados y amantes famosas, mi escabroso relato ha causado furor. A la gente le encantan los detalles morbosos, las caídas en desgracia de personajes de la farándula, respetables políticos o sólidas figuras de los negocios.

Reconozco que este trabajo me encanta: me ha convertido en una celebridad. Salgo por la tele todas las mañanas en el programa que lleva siendo líder de la franja desde hace quince años. Obviamente, Anabel González no es líder de audiencia solo por mí, pero sí que subieron los números cuando decidió sacarme de la redacción y ponerme en el plató, hace cinco años. El *share* se disparó la mañana que empecé a relatar todos los detalles de un asesinato de una manera que no se había visto nunca en antena, así que seguí haciéndolo. Poco a poco fui ganando relevancia social: la gente se sorprendía de mi capacidad para recabar cada uno de los elementos de las investigaciones. Exponerme diciendo que no encontrarían al culpable —esto es, vaticinando el fracaso de la policía— se convirtió en mi seña de identidad. Ni que decir tiene que las fuerzas del orden no me tienen en muy alta estima, a fin de cuentas a nadie le gusta ver sus fracasos expuestos en la televisión nacional.

Sin embargo, confieso que es mi otra faceta profesional la que de verdad me llena. De todos modos, querido lector, mejor remontémonos al principio de mi exitosa carrera como rey del *true crime*, que me estoy adelantando a los acontecimientos.

Fui un hijo muy deseado. Y único, porque mis padres, que me querían (y quieren) muchísimo, eran de clase trabajadora sin presupuesto para más. Yo era un niño adorable, iba a buen colegio, tenía amigos, no sufrí bullying, sacaba buenas notas y hasta se me daba bien el fútbol. Resumiendo: mi infancia fue de lo más normal y mi edad del pavo, todavía más. Odiaba a mis padres, todo me parecía mal, el mundo estaba en mi contra, bla, bla, bla…

Aunque hay un detalle que no he contado: soy superdotado (o como se dice en estos tiempos, tengo altas capacidades). Desde mis primeros años de vida, esas altas capacidades se fundieron con una chulería innata y un sabelotodismo un tanto irritante que hicieron de mí un niño repelente que hacía cosas normales y corrientes, pero que también hacía otras cosas no tan normales. Como, por ejemplo, saberme la letra de la mayoría de las canciones que sonaban en la radio cuando todavía no sabía quiénes eran los Reyes Magos, leer cruentas novelas negras a los diez años, ver *Psicosis* a los doce, sacar buenas notas sin apenas estudiar, jugar al ajedrez para aprender estrategia, ganar todos los concursos de escritura a los que me presentaba o falsificar la firma de los padres de todos mis compañeros de clase.

Esto último lo hacía por ayudar a los que no eran igual de listos que yo y suspendían. Les echaba un cable a cambio de lo que sí tenían: dinero. Sí, estoy alardeando porque no os había dicho todavía que tengo un ego catedralicio. ¿Sabéis por qué? Pues porque puedo, porque soy más inteligente que el resto de la humanidad. Y además soy guapo. Para compensar, sufro una maldición: tengo una memoria fotográfica. Quiera o no, recuerdo con todo lujo de detalles cualquier escena, espacio o cara en la que me fije cinco segundos.

Mi vida seguía una senda apacible hasta que tuvo lugar un acontecimiento discordante dentro de tanta normalidad el verano de los catorce, cuando mis únicos objetivos eran pasármelo bien, como los adolescentes en las películas, y molar. Porque con esa edad, si molas, el resto (o lo único que me importaba, las chicas) viene detrás. Así, para mí todo giraba en torno a eso: vestía con ese objetivo y arriesgaba porque pensaba que iba por el buen camino; de hecho, me creía un innovador. Iba hecho un desastre convencido de que era un innovador. Me miraba en el espejo creyéndome lo más. Hoy no voy a negar que no hay nada más imbécil que un adolescente queriendo gustar a otros adolescentes, y, aun así, siendo un gilipollas de marca mayor, me cargué a un tío. Fue sin querer. O sin querer queriendo. Lo único claro es que se lo merecía, porque era un hijo de puta. Y que era verano.

Madrid es el escenario más asqueroso del mundo cuando aprieta el calor. Las sombras no sirven de nada y el sol duele. El agua no se enfría en el frigo y los hielos duran un suspiro. Poner un pie en el asfalto es un ejercicio de transmisión calorífica que bien podría valer por un tour por el mismísimo infierno. Es sabido que las altas temperaturas son un potenciador del mal humor, y, quizá por eso, los escasos ratos en los que mis padres no estaban trabajando y sí o sí tenían que quedarse en casa, los dedicaban a escuchar pacientemente las quejas de su hijo adolescente idiota. Lamentos porque no teníamos aire acondicionado ni una casa en la sierra para dormir fresquitos, quejas porque no había Coca-Cola fría en la nevera y por la paga de mierda que me daban, protestas porque no teníamos piscina y porque no nos íbamos de vacaciones porque «hay que trabajar»... Vamos, que era un dolor de huevos constante y para colmo tenía una labia endiablada.

Confieso que siento una mezcla de vergüenza y ternura al recordar esa época.

Por aquel entonces, la mayoría de las familias tenían un pueblo al que ir en verano, un lugar perdido de la mano de Dios en el que los padres trabajadores dejaban a los niños con los abuelos para que se asilvestraran un poco. Sin embargo, nosotros éramos una excepción: no teníamos pueblo (y recordemos que tampoco casa en la sierra). Dos de mis bisabuelos salieron de sus respectivos pueblos porque, según me han contado mis padres, tenían muy claro que la vida allí no tenía ningún futuro y se fueron a Madrid. No quisieron saber más de su pasado de pobreza y miseria. Tampoco es que en la ciudad tuvieran las cosas fáciles. Eran unos analfabetos en el pueblo y siguieron siéndolo en Madrid. Eso sí, vagos no eran y encontraron trabajo rápidamente. Y aunque pasaban dieciocho horas en el tajo, consideraban un triunfo dejar atrás la vida rural. Pasados los años y asentadísimos en Madrid, seguían renegando de sus orígenes. Mentían sobre ellos y proclamaban su madrileñismo ancestral. Que si llevaban en la capital desde que Madrid era Madrid, que «a partir de Atocha, todo campo», que si el bocata de calamares lo mejor, que si el chotis, etcétera.

Es curioso que mis dos de mis cuatro bisabuelos, que no se conocieron nunca y que no eran del mismo pueblo, coincidieran en el mismo pensamiento. Lo más loco todavía es que los dos conocieron a dos madrileñas que sí que eran cien por cien de Madrid. Mis bisabuelas provocaron que la mentira de los maridos se convirtiera en realidad. El resto lo hicieron la desmemoria y la remodelación del relato a conveniencia.

Por eso, porque parte mis antepasados renegaron de sus orígenes y parte se hicieron los olvidadizos, yo no tenía pueblo donde desfogarme y dejar a mis padres tranquilos. Yo sí que soy un producto cien por cien urbanita y capitalino. Un gato, vaya. Abuelos y padres madrileños. Sin excepción. Gatos, gatos. El «eeejjjque» lo llevamos tan dentro que forma parte de nuestro ADN y lo dominamos a nuestro antojo. Nos sale cuando nosotros queremos que nos salga, que para eso somos chulapos.

Volviendo al verano de 1995, el año en que todo cambió para mí, con ese clima tan perfecto de calor que os he contado, sin pueblo, con todos mis amigos fuera de Madrid, sin un chavo y sin ninguna chica a la que cortejar con mi pavoneo ridículo, mis padres me mandaron a un campamento urbano. No es que fueran unos desalmados ni que quisieran perderme de vista, es que tenían que encontrar una alternativa a que me pasara el día encerrado a dos mil grados en nuestro piso proletario acumulando agravios y rabia juvenil, como quedó patente en mi cabreo al oír la noticia. ¿No estaba aburrido? Pues ya tenía algo que hacer. ¿No quería una piscina? Pues ahí tenía la municipal. Eran otros tiempos, coño, nadie preguntaba a los menores de edad qué querían hacer ni parecía que estuvieran acabando con el prometedor futuro de sus hijos por no enviarlos a Irlanda.

¿Y cómo eligieron el campamento de verano, si yo no había pisado ninguno en la vida? Pues porque mi padre conocía al organizador y con eso bastaba. Que yo no conociera a nadie le parecía un asunto irrelevante. Estoy convencido de que mi padre hubiera preferido ponerme a trabajar con la previsible monserga de que me hubiera ido bien para que se me quitase la tontería, pero en la España de los noventa ya no se podía mandar a los hijos al tajo con la alegría de antaño. Hay que reconocer que en cierto modo acertó en lo de que hacer algo (aunque no fuera trabajar) me iba a quitar la tontería; sin embargo, no creo que lo que sucedió fuera lo que él tenía en mente.

En el campamento había críos de edades que comprendían desde los seis años hasta los dieciséis. Hay que decir que esa gente había dado con la fórmula para ganarse a los chavales mayores, que éramos una notable minoría. Consistía en darnos responsabilidades como si fuéramos monitores de los niños pequeños, en lugar de intentar involucrarnos en juegos o actividades (de paso nos convertíamos en trabajadores no pagados, con las ventajas que eso les reportaba). Yo me sentía Dios jugando con aquellos niños. Ni uno me replicaba. Me veían como a un mayor, aunque no me comportaba como tal: les ganaba a todos los juegos y lo celebraba con recochineo. Me daba igual lo que se esperara de un chaval de mi edad; yo participaba a fuego. Les sacaba una cabeza y mi cuerpo ya era casi el de un hombre, con su vello púbico y todo, pero me daba un placer inexplicable machacar a aquellos rivales que no tenían nada que hacer contra mí. Visto desde fuera, lo más probable es que todo el mundo pensara que el chico más alto debía ser «especialito».

La magia del desarrollo corporal me concedió otro regalo, aparte de las palizas que les daba a los niños en todo: los de dieciséis me aceptaron, o mejor dicho, me adoptaron, porque físicamente parecía uno de ellos (recordemos, era alto, estaba ya desarrollado y era muy guapo). Así fue como me topé con algo que no contaba: la sabiduría de los mayores.

Descubrí que hablar y estar con gente mayor que yo me fascinaba. Acceder a sus conocimientos y experiencias (muy de flipado la frase, ¿eh?). He aquí mi razonamiento del momento: si me junto con gente que tiene más conocimientos, puedo aprender de ellos, pedir consejos y aplicarlos para mejorar mi vida. Me encantaban las anécdotas, aquel material era mejor que estudiar historia. Pero no os equivoquéis, cuando digo «gente mayor» me refiero a chavales que me sacaban tres o cuatro años a lo sumo; de ahí para arriba todo el mundo me parecía un adulto coñazo. Con lo que me contaban los del campamento de dieciséis y los monitores de dieciocho me valía. Así de gilipollas era. Bueno, y también os confieso otra cosa que en mi cabeza sonaba acojonante: esos mayores estaban perfeccionando las técnicas para lo que más me importaba a mí en esos momentos, que era molar y ligar con chicas. Pero sobre todo lo primero, porque cuando molas, ligas. Así se piensa cuando tienes catorce años.

Tenía a mi disposición esos conocimientos desde las diez de la mañana hasta las seis de la tarde y a veces incluso más si me invitaban a ir con ellos después del campamento al parque cercano al polideportivo. Me sentaba a escuchar embelesado lo que habían hecho o dejado de hacer la noche anterior: lo que habían bebido, lo que habían palpado, los pedos que se habían tirado o los que se habían cogido. O todo junto y a la vez. Solo preguntaba cuando lo que contaban me resultaba demasiado ajeno o completamente nuevo, entonces pedía que lo explicasen. Se reían de mí, por supuesto, porque no hay nada como darle importancia a alguien con poder sobre ti para que lo utilice a su antojo; yo los había subido al pedestal desde el que podían vacilarme y regodearse sin asco, pero tragaba porque me convenía. Me convertí en el hermano pequeño de todos, el que iba a triunfar en la vida gracias a sus enseñanzas, así que aguantaba esos ataques para conseguir la clave de esa preciada información cifrada. Me daba lo mismo.

A la vez me daba bastante reparo admitir mi desconocimiento delante de personas tan «acojonantes» como eran mis colegas y los monitores: era un golpe para mi ego, pero, tras la primera cerveza, se me soltaba la lengua y mi soberbia innata se diluía en pos del objetivo final.

Se puede decir que en esas conversaciones aprendí a disimular, a parecer menos de lo que soy. Me di cuenta de que, en según qué situaciones, era mejor pasar desapercibido. Visto con la perspectiva del tiempo, no puedo negar que aquellas charlas eran pura basura. Las aventuras que contaban eran verdades a medias exageradas para impresionar a un oyente inexperto y para pavonearse antes sus iguales. En mi caso daba lo mismo, porque yo me creía todo lo que escuchaba y lo apuntaba mentalmente para poder aplicarlo después con los de mi edad. Estaba convencido de estar descubriendo América: cómo disimular el pedo, dónde comprar sin que te pidan el carnet, no mezclar, evitar el alcohol caliente (o no hacerlo porque «sube más»), fumar, dónde guardar el paquete, qué decir si te lo pillaban… Esa información era oro.

También había lecciones sobre las chicas. Qué lecciones, madre mía. Me sonrojo. Qué lamentable todo. Sin embargo, eran lo más para mí en aquella época. Tenía catorce años y mi experiencia se reducía a un primer beso dos meses antes que había sido más producto de la presión externa que del propio deseo de los dos. Fue jugando a la botella en un cumpleaños en el garaje de una casa sin adultos cerca. Pues ya está, esa era mi hoja de servicio.

Me hacía pajas como si lo fueran a prohibir, pero era consciente de que con ese currículo era mejor no abrir la boca. ¿Qué podía contar? ¿Que me la había pelado con un catálogo de bragas del Pryca? ¿Que me ponía mucho la panadera de al lado de mi casa? Pues no, silencio absoluto para no darles más artillería con la que vacilarme, en especial con un tema tan delicado. Tenía que ser más discreto todavía. Los mayores y los monitores no me prestaban atención, solo querían fardar delante de los otros y les daba igual que el niñato acoplado no dijese nada. Ellos solo buscaban la admiración de los que consideraban sus iguales y yo no lo era, pero mi admiración sí la tenían. Hablaban de cómo se habían acercado a tal chica, cómo habían conseguido su teléfono para poder enviarle unos SMS, los sobeteos por encima de la ropa, las excusas para quitarla… En un mes de sesiones de parque, consideraba que había aprendido más que un año en el instituto. Estaba ansioso por poner en práctica esos conocimientos.

Durante aquellas tardes, había otro tema recurrente entre los monitores que venían con nosotros: su jefe. Ahí todos callábamos y escuchábamos. Manu era un tío mayor que ellos (no pasaba de los dieciocho), tendría unos veintimuchos, era diplomado en Magisterio, monitor de ocio y tiempo libre, y trabajaba de profesor de gimnasia interino de septiembre a junio y de jefe de monitores de campamento en verano. No pensaba hacer oposiciones ni buscar trabajo fijo en la concertada o la privada porque su familia era dueña (entre otras muchas cosas) de la empresa que organizaba ese y muchos otros campamentos, además de las actividades extraescolares para muchos centros educativos el resto del año. Era educado y amable con todo el mundo, siempre estaba dispuesto a ayudar a sus compañeros, era muy bueno en cualquier deporte, las madres estaban enamoradas de él y los padres querían tomarse una caña con él mientras hablaban de fútbol. Era el yerno ideal, el amigo perfecto que siempre te llevaba a casa después del trabajo. Pelo moreno, ojos azules sin gafas ni lentillas, olía bien, aseado, siempre afeitado y con una sonrisa de anuncio. Colaboraba con una ONG, le gustaba hacer triatlones, escalaba, sabía cocinar, tocaba la guitarra y nunca se le veía enfadado. Era fan de la música pop española, le seguía gustando Mecano y acababa de descubrir a Los Planetas. Tenía moto y vivía solo en un apartamento de su familia forrada, pero era consciente del valor de las cosas. Trabajaba como el que más y nunca alardeaba ni se aprovechaba de que la empresa era de su padre. Vamos, Manu era un chico de anuncio. Demasiado perfecto, y nadie puede serlo sin ser un hijo de puta de tomo y lomo, pero yo tenía catorce años y me parecía el único adulto que molaba.

Los monitores analizaban una y otra vez los rumores que habían escuchado y que parecían descabellados o fruto de la envidia, por lo grotescos que eran. Mezclaban niños, pajas, vestuarios y silencio. Nadie había presentado pruebas ni había denunciado. Yo, como los demás que no éramos monitores, no me mojaba en público, pero en privado estaba convencido de que se equivocaban. Manu era un tío de puta madre. Éramos amigos.

III

Madrid, jueves 4 de abril de 2019

El móvil empezó a vibrar. No sonaba su canción favorita de Foo Fighters porque cuando trabajaba prefería la discreción del silencio. No tenía el número agendado, pero sabía perfectamente quién le llamaba. De hecho, en su teléfono tenía pocos números guardados; el de su madre, los de un par de amigos y poco más. Los importantes se los sabía de memoria y los que no, los tenía en Telegram, que no dejaba rastro.

—Buenos días, alcalde. ¡Cuánto tiempo! Hace unos días que no coincidimos en ningún sarao ni en ningún partido. ¿Cómo va todo? ¿A qué se debe su llamada? ¿Puedo ayudarle en algo?

—Es que… no, no, no me lo explico. Es una puta locura. No lo podéis permitir.

La voz nasal del regidor sonaba muy acelerada pese a que era *vox populi* que se medicaba para aplacar la ansiedad.

—Disculpe, comencemos por el principio. ¿De qué estamos hablando?

—Pues de quién va a ser. De, de… de él.

Martínez Caneya tartamudeaba al intentar decir el nombre de Valentino. Sergio cerró los ojos, fatigado. Le cansaba muchísimo ese tipo de personas que se aceleraban por cualquier cosa, esa gente que perdía el control a la mínima. En general no soportaba a la horda de pusilánimes que había llegado al poder por ser unos pelotas sin miramientos. Mucho MBA e inglés de la reina, pero no estaban preparados para lidiar con situaciones inherentes al cargo. La mayor parte de la vieja guardia política no tenía estudios y casi no se los podía sacar de casa sin miedo a que te dejaran ridículo: sin embargo, tenían un cuajo y una sangre fría que ya quisieran todas esas jóvenes promesas de la política.

—Cálmese. Entiendo el efecto que causa una reunión con Valentino.

—Esta vez ha sido peor que nunca. Me hablaba con un desprecio inadmisible.

—Eso es que le respeta, a usted y su manera de ser.

Sergio mentía, pero era necesario porque Martínez Caneya seguía fuera de sí. Oyó una respiración más profunda al otro lado, las revoluciones iban bajando.

—Cuénteme, ¿qué ha pasado?

—Su secretaria me llamó anoche para pedirme que fuera a verle hoy por la mañana. A las nueve en su despacho. Imagínate lo que es cambiar la agenda oficial de una persona como yo…

Ahora, el que respiraba hondo era Sergio. Tampoco soportaba a los que se daban importancia.

«Esta gente es imbécil», pensó Sergio.

—Claro, alcalde.

—Total, que me he presentado en su despacho a la hora convenida. No me ha ofrecido ni un triste café.

—Muy feo. —Sergio intentó no sonar sarcástico.

—Sí, ¿verdad?

«Misión cumplida», pensó Sergio.

—¿Y qué le ha dicho?

—No te lo vas a creer. —La voz del alcalde volvió a sonar más aguda de lo normal.

—Póngame a prueba.

—Quiere recalificar el parque del Retiro para convertirlo en un parque empresarial —dijo Martínez Caneya de carrerilla.

Sergio se imaginó al alcalde atolondrado y nervioso, hundido en las monstruosas sillas del despacho de Valentino mientras escuchaba aquella barbaridad. Él estaba acostumbrado a las locuras disfrazadas de ideas geniales. La diferencia entre una cosa y otra era simplemente la perspectiva. Según quién y cómo lo dijera, un planteamiento tan salido de madre como convertir el Retiro en un parque de oficinas para grandes empresas podía resultar genial. También sabía que a sus jefes no les iba a gustar. Seguramente a Valentino le parecía la enésima jugada maestra de su carrera como constructor e ingeniero, un día más en la oficina; en cambio, para todos los demás era otro asunto que gestionar.

Uno de los síntomas de perder el contacto con la realidad es creerte invencible, da igual en qué disciplina. Otras personas piensan que no necesitan escuchar a otras para saber lo que está bien o lo que está mal. Cuando crees que absolutamente todo lo que haces está bien es cuando lo estás haciendo mal y has perdido el norte. Incluso, algunas personas piensan que no pueden morir. Y así les pasa luego.

Valentino acababa de demostrar que había perdido el juicio.

—Tengo previsto reunirme con él para otro asunto, así que intentaré sacar el tema para ver si puedo convencerle de que lo deje estar.

—Gracias, Sergio.

—Si no fuera así, te pido por favor que sigas postergando el asunto. Necesitaré tiempo para revertir todo eso. En menos de una semana lo tendré resuelto.

—Me quedo más tranquilo —dijo Martínez Caneya sin disimular su alivio.

—Para eso estoy aquí. De momento, este tema queda entre nosotros. Como siempre, silencio absoluto, alcalde.

—Claro. Oye, Sergio, otra cosa: estoy pensando desde hace tiempo que podría reunirme con tus jefes para exponerles un par de ideas que tengo.

—Eso va a ser más complicado. Ya sabes que son muy suyos con sus historias. Y recelan de los encuentros personales. De todos modos, déjame que...

Sergio colgó y apagó rápidamente el teléfono porque sabía el siguiente movimiento.

Martínez Caneya se quedó con la palabra en la boca. Intentó llamar de nuevo, pero daba fuera de cobertura. Pensó que ya llamaría más tarde, aunque sabía que no lo haría. No servía de nada intentar hostigar más de la cuenta a Sergio. Luego se reclinó en el asiento de cuero del coche oficial, regodeándose aunque sin saber muy bien de qué.

IV

Madrid, lunes 8 de abril de 2019

El viaje en ascensor fue rápido. A Sergio siempre le había interesado la velocidad a la que suben esos aparatos, el funcionamiento de las poleas y de los frenos para ofrecer la experiencia perfecta al usuario. Un milagro de la ingeniería. Ese día era él quien estaba de visita en el rascacielos de Valentino, camino de la sala de torturas que era su despacho.

—Subir andando más de cuarenta plantas es una tarea para Hércules —dijo un empleado del edificio que debió de leerle la mente a Sergio.

Marisa González, la secretaria de Valentino, le recibió con una sonrisa, como cada vez que Sergio iba a reunirse con su jefe. Debía de caerle bien porque, si no, no lo entendía. Marisa era el cancerbero del despacho del presidente del Riviera Club de Fútbol, amén de director general de una de las mayores constructoras del país, consejero delegado de un sinfín de patronatos, fundaciones y a saber cuántas tapaderas más. Todos los grandes empresarios del país coincidían en que la visita a aquella planta de aquel rascacielos era todo lo contrario a una experiencia agradable. Sergio opinaba lo mismo aunque Marisa siempre le tratara bien. A lo mejor sabía a quién representaba y por eso le ofrecía un muestrario de sus dientes blancos antes cada reunión. Ese día, el lunes posterior al ataque mediático contra Valentino, no fue una excepción.

—Don Valentino, su visita ya está aquí. ¿Le digo que pase? —Tras un instante, colgó el teléfono y volvió a mirarle—. Puedes pasar, cariño, te está esperando. ¿Quieres un café o algo?

—No, gracias. Estoy bien.

A Marisa le caía bien Sergio aunque este no se fiase. En realidad, Sergio le caía bien a todo el mundo. La secretaria seguía sonriendo cuando el visitante abrió la puerta que daba acceso a uno de los despachos más opulentos de la economía española. Sergio no pudo evitar fijarse una vez más en la moqueta espantosa.

—Buenos días, don Valentino. —Siempre el «don» por delante para demostrar que sabía quién mandaba.

—Hombre, Sergio, ¿qué tal? ¿Te ha ofrecido Marisa café o algo?

—Sí, sí, gracias. Estoy bien.

—¿La vida te trata bien, truhan?

—No me puedo quejar, señor.

Valentino sonaba amable. Con poca gente hablaba de ese modo, solo lo hacía cuando quería algo de su interlocutor, y Sergio podía darle lo que él quería, podía convertirse en su rey mago particular. Eso sí, a Valentino no le gustaba la cháchara así que el invitado entró en materia:

—El otro día me llamó el alcalde al salir de aquí. No parecía muy satisfecho, estaba más nervioso de lo habitual —dijo Sergio tanteando el terreno.

—Caneya es un blando, no se le puede decir nada —respondió Valentino mientras se reía falsamente.

—¿Qué le dijo para que se fuera tan disgustado?

—Nada. Hablamos de varios planes que tenemos en común y hay un punto en el que no nos ponemos de acuerdo.

Valentino no quería hablar del proyecto así de primeras, ni tampoco que pareciera que había problemas; sabía que debía desgranar su plan con orden y prolijidad. Los jefes de Sergio eran gente muy importante. Sergio ya había jugado a esto con él muchas veces. Aunque no era un juego, era una simple representación. Valentino hacía de poderoso humilde que pedía ayuda a Sergio, el paciente intermediario. Todo puro teatro, porque ni Valentino era amable ni Sergio era tan inocente.

—Quiero convertir Madrid en la capital financiera del mundo.

—Un objetivo elevado, aunque pensar en grande es lo que nos ha traído hasta aquí —dijo Sergio en el tono adecuado. Sabía cuándo tocaba darle jabón a Valentino.

—Eso es, Sergio. Por eso quiero que le cuentes a tus jefes esto: pretendo convertir el Retiro en un centro de negocios donde todas las grandes empresas del mundo estén presentes.

—Suena complicado.

—Pues a mí me suena genial —le interrumpió Valentino para aplacar cualquier crítica.

—Y ambicioso.

—Eso es —remachó Valentino, satisfecho—. Hay que pensar en grande. Lo has dicho tú mismo antes.

Sergio observaba el modo en que Valentino movía las manos mientras le explicaba cómo lo harían, dónde ubicarían cada empresa, las mordidas que habría, lo que significaría para la ciudad, para su fortuna, para la fortuna de los jefes de Sergio. Y Sergio asentía con tranquilidad. Era un monólogo de autócrata, un discurso sin derecho a réplica. Con la gente que no escucha, lo mejor que uno podía hacer era callar y decir que sí con la cabeza. No había espacio para otra cosa. Cuando Valentino terminó el *speech*, miró a Sergio esperando una respuesta.

—Lo tengo que hablar con mis jefes, ya sabe que soy un simple mensajero. Con los números y las intenciones, recibirá la respuesta en cuestión de días, en menos de una semana. Se lo aseguro. Si le sirve de algo, a mí me parece una idea magnífica.

Más jabón.

—Gracias, Sergio, eres el mejor. Marisa siempre lo dice.

Sergio volvió a sonreír y mantuvo el gesto mientras le daba al mano para despedirse. Agradeció su tiempo e hizo ademán de sacar el teléfono del bolsillo mientras salía.

—No pierdas tiempo, chico, llámales cuanto antes. El tiempo es oro.

«Ha tardado mucho en dejar caer un *ranciofact*. Debe de estar tenso», pensó Sergio.

—Eso haré. Muchas gracias de nuevo.

Cerró la puerta, dijo adiós a Marisa y llamó el ascensor. No estaba nervioso, estaba asombrado. Lo que acaba de escuchar era una de las locuras más salvajes desde que tenía aquel trabajo. Una de las funciones de Sergio era ser el interlocutor de sus jefes con ciertas personas de renombre. En ocasiones, le tocaba escuchar proyectos de lo más acertados y otras veces, las más, planteamientos que rozaban el desvarío. Lo legal o ilegal no entraba en juego, en esa liga. Esos parámetros daban lo mismo. Ni siquiera se tenían en consideración.

Mientras el ascensor descendía, Sergio estaba ensimismado recordando algunas de aquellas ideas disparatadas; estaba haciendo un top diez de las cosas más increíbles que le habían propuesto y esta entraba directa en el podio. Aunque el orden estuviera muy reñido, sepultar bajo el agua un pueblo costero para construir urbanizaciones de lujo no bajaría del primer puesto. Y eso que solo estaba haciendo el ranking de las operaciones inmobiliarias, porque había otras muchas ideas en otros campos que también eran un insulto al sentido común. El poder corrompe y enloquece.

Cuando salió del edificio, Sergio ya había encendido el teléfono. No tenía ningún mensaje ni llamada perdida del alcalde. «Estaba claro», pensó. Pulsó tres cifras y respondió uno de sus jefes.

—¿Cómo ha ido?

—Pues la verdad es que su idea me parece la segunda peor que he escuchado en temas de urbanismo.

—¿Puede ser problemática?

—Considerarla problemática sería quedarse bastante corto en el juicio.

—OK.

—¿No quiere saberla?

—Es lo del Retiro, ¿no?

Sergio se quedó helado.

—Valentino es un bocazas y cuenta sus planes delante de cualquiera.

—Entonces ¿qué hacemos?

Silencio atronador al otro lado. El jefe de Sergio estaba con otros jefes de Sergio, reunidos en una sala de algún sitio al que él nunca había accedido.

—Ya hemos tenido suficiente. Hay que sacarle del tablero.

— De acuerdo. ¿Alguna sugerencia?

—Creo que es el momento hacer algo diferente a

lo habitual. Esta vez nada de discreción, que sea un escándalo. Ya sabes en quién estoy pensando.

—Así se hará.

La llamada se cortó. Sergio marcó un número que se sabía de memoria. Uno de los muchos que maneja. E hizo una llamada breve. Hora, lugar y la promesa de una propuesta irresistible.

V

Madrid, martes 9 de abril de 2019

—No podemos permitir que hablen así de nosotros —sentenció Valentino Ruigémez mirando uno a uno a todos los integrantes de la junta directiva del Riviera C. F., un hatajo de señores con traje caro, barriga prominente y calvicie irreversible que en su vida habían tocado un balón. Doce carteras privilegiadas gracias a Valentino. Estómagos agradecidos.

—Tiene toda la razón, presidente —aseveró Torres Machado, el miembro de la junta más veterano. Y el más pelota.

—Les hemos advertido que, si no dejan de hacerse eco de todas esas calumnias, no les volveremos a dar una entrevista en la vida ni con el último suplente del club —comentó el directivo encargado de la comunicación.

—Pues está claro que no lo han entendido —dijo Valentino en un volumen tan bajo que era aún más preocupante que un grito.

—¿Y si les amenazamos con retirarles las credenciales durante las próximas dos temporadas? —propuso el más joven de la mesa, que en general contaba con el favor de Valentino. Algunos le señalaban como el sucesor.

—Es que son cabezotas, presidente —intervino un barbudo bajito al que en cambio Valentino odiaba.

Valentino se levantó parsimonioso. La junta le miraba con ansiedad porque sabían que cuando hacía eso se avecinaba una bronca de las épicas, con gritos e improperios que no coincidían con la imagen que daba cara al público. Una vez lanzó un vaso contra la pared, y los cristales fueron la metralla que aterrizó en la cara de Fernández Muro, su directivo más fiel. Una cicatriz decora su ceja izquierda. No hubo ningún reproche.

Sin embargo, esta vez no hubo ataque. Solo silencio. Aquello era peor. Se avecinaba una decapitación. La tensión se notaba en la cara de los directivos. Alguna respiración se entrecortaba. En situaciones parecidas, alguno de los señoros terminaba expulsado de la sala de reuniones y no volvía a aparecer por el estadio. En otras, como esta, el cadáver sería de fuera. Valentino se acercó al teléfono que tenía en la mesa.

—Marisa, por favor, ponme con el del periódico *Gol*.

—¿El director o el dueño?

—Yo no hablo con directores...

—Perdone. Enseguida le paso, presidente.

Massimo Cerlottini, dueño del conglomerado de comunicación Arlos, era una de las fortunas más grandes de Italia. Massimo era un *sex symbol* a la antigua usanza que se trajo de Italia un modelo de televisión que le había hecho rico y por el camino había embarrado la escena social española con un estilo de periodismo que no existía hasta que él lo exportó. Cerlottini era responsable, entre otros muchos medios, del grupo MediaGlobal, al que pertenecía Telepronto, donde se emitía el programa de Anabel González que le estaba provocando una úlcera a Valentino. Cerlottini tardó treinta segundos en aparecer al otro lado del teléfono, menos de un minuto que fue como horas para los que estaban en la sala.

—Presidente, ¿qué puedo hacer por ti? —Cerlottini sonó afable, complaciente.

—Tenemos un problema, Massimo, un problema muy grave. —Entró directo al toro Valentino—. Y te está afectando, pero no te das cuenta.

—¿Qué sucede, presidente?

—Manfredo Rodríguez está capitaneando una campaña contra nosotros en el *Gol*. Y nosotros no somos los malos: somos los que os ayudan a vender periódicos. Rodríguez insiste en que el equipo juega mal.

—Bueno, lleváis dos derrotas seguidas contra equipos inferiores...

Nerviosos, los directores cruzaron miradas entre ellos. Valentino permaneció en silencio.

—¿Presidente? ¿Hola? —La voz de Massimo perdía brío.

—Voy a obviar lo último que acabas de decir. Solo te pido que Rodríguez deje de dirigir el periódico y pongas a otro más amable.

No necesitaba decir más. Ahora el silencio llenaba el otro lado de la línea.

—¿Massimo? ¿Hola? —Valentino sonreía maligno.

—De acuerdo. A cambio quiero ser el primero en

enterarse de todo de aquí a tres años y varias entrevistas con las estrellas.

—Por supuesto, Massimo.

—Y contigo en la radio.

—Claro, cuenta con ello. Pero al Vizconde me lo fusilas también. Sabes como yo que ya está pasado de vueltas. Está borracho de poder y solo insulta.

Mientras decía esto, Valentino hacía un gesto hacia el aparato. El dedo anular, erguido y tenso. Su voz era suave y relajada.

—Los quiero fuera hoy. Muchas gracias.

—¿Te puedo ayudar con algo más, Valentino?

—Un toque a Anabel González no estaría mal. Es un poco traviesa. —La sonrisa del presidente del Riviera era demasiado maliciosa como para mirarla directamente.

—Creo que lo entenderá, presidente.

—Gracias, querido Massimo. —Terminó la llamada.

Volvió el silencio a la sala de juntas. Nadie tenía que hablar, solo él. Paseó por la flamante estancia del renovado estadio del Riviera C. F.

—DOS PERSONAS ACABAN DE PERDER SU TRABAJO. POR VUESTRA CULPA, INÚTILES. ¿NO OS DAIS CUENTA DE QUE El EQUIPO JUE-

GA FATAL? ES POR VUESTROS FICHAJES. SI ME HUBIERAIS HECHO CASO…

Millonarios con cabezas agachadas.

—NO CONTROLÁIS A LA PRENSA. SOIS BASURA. HAY QUE MANTENERLOS A RAYA. NOS ODIAN. ¿O ACASO NO VEIS EL CALVARIO QUE ME HAN HECHO PASAR LAS DOS ÚLTIMAS SEMANAS?

Marisa escuchaba la bronca desde fuera. La puerta ahogaba algo los gritos, pero sabía que aquello iba a terminar con algún vaso roto. Abrió el cajón en busca del agua oxigenada.

Cuando cayó la tarde, Valentino al fin estaba solo. Bueno, no del todo. Ahí continuaba Carvaleso, su sombra cuando acudía al estadio. Un Nosferatu transformado en asistente y lo más parecido a un confesor que había en el círculo de Valentino. O más bien era un oyente de las historias de su jefe, porque a Valentino no le gustaba hablar pero sí sentar cátedra.

—Esto me recuerda a una historia que viví de joven —dijo Valentino.

Carvaleso negó con la cabeza.

—Es que este tipo de traiciones… ¿Acaso ahora

somos los enemigos de toda la prensa? —preguntó Valentino sin esperar una respuesta.

Paseaba con las manos cruzadas a la espalda. Cuando se ponía a deambular así, a Carvaleso le recordaba a un cura de su antiguo colegio.

—No entiendo qué tiene en mi contra Anabel. Con lo buena profesional que es. Y con lo atractiva que es. —Valentino se giró para mirar a su Nosferatu de cámara buscando una respuesta.

—Claro, presidente. —El asistente no sabía a dónde quería llegar su jefe.

—¿Te he contado la historia de mi incidente con los grises en la universidad? Había una chica de por medio.

—No, presidente. —Carva ya sabía que hoy no llegaba a su partido de pádel. Mandó un mensaje disculpándose a su grupo de WhatsApp Los Mákinas.

Universidad Politécnica de Madrid. Era diciembre y hacía mucho frío. Los grises habían repartido caramelos tras las últimas protestas estudiantiles. La manifestación de ese día no había llegado a celebrarse porque la policía había cargado antes de que se desplegase ni siquiera una pancarta. Los que huían se refugiaban en la cafetería y disimulaban, hacían como si llevaran horas allí. Agarraban los vasos sucios que habían arramblado de otras mesas para aparentar. Intentaban parecer tranquilos, como si no hubieran corrido para huir de una porra policial; trataban de recuperar el aliento antes de que entraran allí.

En un rincón, un joven con gafas miraba asombrado toda la escena. El ruido de los fugitivos le había sacado de su estudio. La cafetería pasó de estar casi vacía a tener un lleno como pocas veces registraban los camareros. El chaval que miraba había ido allí a tomarse un café y repasar unos apuntes. También había ido para ver si coincidía con Margarita, una compañera que le gusta. De hecho, lo de los apuntes y el café eran puro *attrezzo*: los jueves no tenía clase, pero había ido a la facultad porque sabía que Marga sí, aunque se pasara las horas en la cafetería. La observaba desde el primer día. Sin embargo, esa mañana no había ni rastro de la chica.

La cafetería estaba a reventar y había mucho más ruido, lo cual molesta al chico de gafas. No por el tema político, a él no le interesaba eso. En su opinión, lo que dictaba el Generalísimo era lo correcto, pero sin más. Mientras que a él no le enturbiaran el camino hacia el éxito, no tenía problema con nada. En aquel momento, el éxito era Marga. Aquellos manifestantes estaban desarbolando su estratagema de seducción.

Justo medio segundo antes de que se diera por vencido, apareció Marga. Andaba deprisa, como huyendo de algo. O buscando a alguien desesperadamente. Valentino retomó su posición inicial. La chica pasó de largo y miró hacia delante, en concreto hacia un chico moreno y alto con pelo largo y un jersey granate. Era de los que acaban de entrar en la cafetería escapando de los grises e intentaban disimular en las mesas del fondo.

Cuando Marga besó al melenudo, Valentino rabió de celos. Apretó el puño de tal manera que se dejó marcadas las uñas en la palma de la mano. Cuando la abrió, se dio cuenta de que estaba temblando, pero no de miedo sino de odio. Resopló para intentar calmarse. Golpeó la mesa y el ruido asustó a un par de alumnas de primero que estaban al lado. Las chicas cuchichearon mirando al chico alterado y rieron. Se habían dado cuenta de todo.

Valentino escuchó su risa, pero prefirió hacer como que no había oído nada. Se levantó muy digno, recogió los apuntes y dejó el vaso de café vacío sobre la mesa. No miró atrás. Las chicas siguieron riéndose. Le conocían. Toda la universidad conocía a Valentino, aunque no precisamente por ser el más popular. Era considerado un bicho raro. Un empollón un poco pelota con los profesores o con quien le pudiera ayudar. Un interesado. Se sentaba en primera fila y era siempre el primero en levantar la mano para responder. Era de los mejores a nivel académico, pero nadie le respetaba. Despertaba un miedo extraño. Tampoco le odiaban, simplemente le evitaban. Él lo sabía y, en el fondo, le apenaba aunque disimulara. Quería que lo invitaran a los guateques que se montaban cada semana, salir a bailar con el resto de sus compañeros o tomarse las cañas del jueves en la cafetería; sin embargo, cuando no estaba en la facultad, se autoconvencía de que sus compañeros eran inferiores a él. Los despreciaba pese a que hubiera querido ser como ellos.

De camino a la calle, repasó a los que estaban en las mesas. De la Politécnica no había muchos. Se cercioró de que la mayoría eran de los que se habían metido allí para esquivar a los grises. Lo que más encendía a Valentino era que Marga estaba sentada junto a uno de ellos, cuidándole y dándole mimos, unas caricias que Valentino quería para él. Ardía de rabia, porque el plan no había funcionado y porque Marga no le había hecho caso. Una doble derrota.

Salió de la cafetería dando un portazo. El ruido sobresaltó a los que estaban dentro y sonó muchísimo fuera. El silencio tras disolver una manifestación era bastante especial, cualquier crujido resonaba el doble. El ambiente se notaba tenso. Hacía frío y, mientras se ponía el abrigo, Valentino reparó en que los grises estaban mirando hacia él. Ese arrebato los había advertido de que detrás de la puerta había algo. Valentino sonrió. No necesitó ni medio segundo para saber cómo actuar a continuación.

—¿De dónde sales, chaval?

—De la cafetería. —Valentino señaló la puerta.

—¿Dónde has pasado la mañana?

—Ahí dentro. Estaba estudiando, pero han entrado hace diez minutos unos chicos montando una escandalera increíble. Me voy a estudiar a casa.

—¿Los del ruido son compañeros tuyos? —le preguntó el policía.

—No los había visto en mi vida por aquí, la verdad —dijo Valentino, haciéndose el inocente.

Uno de los grises dibujó un gesto con la barbilla a sus compañeros, señalando la puerta.

—Puedes marcharte, hijo.

—Gracias, señor.

Valentino abandonó la escena tranquilamente. Estaba sonriendo. Escuchó a lo lejos que algo pasa en la cafetería. No era su problema.

Una semana después, Marga reapareció en clase. Todavía tenía moretones en la cara. Valentino ni la miró. No lo haría nunca más.

—Y por eso no hay que fiarse de las mujeres, Carva. Son el demonio. Te utilizan.

—No se puede decir mejor, presidente —alabó el ayudante desde el otro lado de la sala.

—Tendremos que estar atentos a los movimientos de Anabel —sentenció Valentino.

—Por supuesto, presidente.

—Puedes irte.

—Gracias, presidente.

Carvaleso mira el reloj de reojo. La batallita ha durado menos de lo esperado, a lo mejor llega al pádel.

VI

Madrid, miércoles 10 de abril de 2019

—Señoras, señores, les comunico que ayer encargué la eliminación de Valentino.

Hubo un silencio. Algunos intercambiaron miradas.

—No por esperada deja de ser una decisión sorprendente —dijo la rubia sentada junto a la ventana.

—Sé que algunos os oponíais a esta medida por vuestras relaciones personales y profesionales con él.

El más alejado asiente de forma severa. Guarda un cierto parecido con la rubia.

—Pero tú sabes igual que yo que es necesario.

Sigue asintiendo.

—Estaba fuera de control. Convertirlo en la comidilla de todos los matinales, las tertulias de la noche, la prensa seria, la prensa rosa y la prensa deportiva ha tenido el resultado opuesto al que esperábamos, porque, en lugar de calmarse, ha doblado la apuesta.

—¿Qué ha pasado? —preguntó el canoso que estaba junto a la mesa de las bebidas.

—Quiere recalificar el Retiro para construir un centro financiero.

Risas a coro.

—A ver, no es mala idea —comentó la mujer que se sentaba en el centro mientras sigue riendo.

—Una locura. Aún no podemos hacer ese tipo de cosas —señaló la rubia de nuevo.

—Exacto, pero ¿sabéis qué sería lo siguiente? —lanzó la voz dominante de la estancia.

Silencio absoluto.

—Pues que querría ser uno de nosotros. Y seamos sinceros: no queremos a alguien como él aquí —sentenció.

—Eso es cierto —dijo el más joven.

—Nos devoraría. —El canoso usó un tono cercano al miedo.

Silencio.

—Querría ser el único que decide —comentó el que guarda un cierto parecido con la rubia de la ventana.

—No juega en equipo —dijo la del centro.

—Efectivamente. El equilibrio desaparecería.

Todos empezaron a decir que sí. Unos con la cabeza, otros con la voz. El del fondo hizo una seña para pedir la palabra.

—¿Quién se va a ocupar? —preguntó el que no había levantado la mirada del móvil en toda la reunión.

—Como ya hemos quemado su reputación, creo que lo adecuado es eliminarlo a lo grande, que sea un algo tan escabroso que lo convierta en un suceso estrella del que no se dejará de hablar en los próximos meses. Es una oportunidad para desviar la atención y mandar un mensaje. De paso le podemos endilgar algunas cosas que hemos hecho nosotros y así estaremos más tranquilos. Ya tenemos a alguien en mente para este trabajo.

—¿Podemos confiar en él? —dijo la rubia.

—Sí. Sergio se encarga de todo. Ya sabéis que es mi hombre de confianza.

—Me gusta Sergio.

—Es leal. Y muy útil.

—Nos ayuda mucho. Es una suerte tenerle —apostilló el que parecía sacado de un anuncio.

Sonrisas de todos los presentes, menos de uno, el único que estaba en la sala pero no tenía silla en la mesa. Aitor escuchó el nombre de Sergio y se encendió.

2

Aquel verano fundacional de mi existencia, las tardes en el parque con los monitores seguían dándome la información que necesitaba para continuar creciendo. Me sentía preparado para molar a unos niveles nunca vistos en mi instituto. El «van a flipar» bailaba en mi cabeza cada vez que escuchaba algo que consideraba útil. Además, había desarrollado una cierta tolerancia al alcohol. O eso pensaba. Media litrona y como si nada. Una transformación casi de película: un niño, ahora adolescente, con más sabiduría que cualquier semejante. Guapo, rubio y alto. Imparable. Qué gilipollas era, por Dios.

Quedaba una semana para el final del campamento. No sabéis lo que me jodía aquello. Veía que el máster con los monitores se acababa. Sabía que no los seguiría viendo. Me caían bien, creía que me habían aceptado como uno más, pero en realidad sabía que no era más que una mascota, por mucho que yo hubiera intentado atesorar esos momentos viéndome como un igual ante sus ojos. No lo era en absoluto (tampoco me trataban como tal) y, sin embargo, me daba pena que se acabaran esos días de actividades deportivas por las mañanas y litronas por las tardes.

Otra de las cosas que estaba a punto de terminar era la relación que había establecido durante el campamento con Manu, el jefe de los monitores. Ese chico tan amable y que olía tan bien siempre tenía el XXX en la boca cuando necesitaba ayuda o cuando quería poner un ejemplo para los otros niños, siempre estaba cerca de mí durante las actividades. En vez de llamar a otros monitores, me prefería a mí. Yo pensaba que era porque sabía que los monitores y los mayores le criticaban a sus espaldas. Mantenía una camaradería física conmigo que me recordaba a la que podía tener con mi primo o con mi padre, y además me prestaba atención, me escuchaba como mis supuestos colegas-maestros no lo hacían nunca. No me pareció raro hasta ese penúltimo día. Yo estaba por otras cosas más interesantes, como mis tardes de litronas y Marlboro aderezadas de lecciones magistrales para triunfar en la vida adolescente. Sin embargo, como ya se acababan, aquella tarde mi cabeza y mi atención andaban más despiertas.

Fue un jueves. Todos los días, justo después de comer, se programaba un partidillo de fútbol. Ese día estábamos a treinta y cinco grados y caía un sol de justicia, pero eso no cambiaba nada, porque antes las cosas se hacían así, a las bravas (porque antes todo el mundo era gilipollas perdido o desde luego inconsciente nivel suicida). Manu, mi amigo adulto molón, jugaba de central y yo, de delantero. En una falta en la que los dos nos fuimos al suelo, me di cuenta del percal. Llevaba todo el partido marcándome, me agarraba de la camiseta y de lo que no era la camiseta y, cuando cayó encima de mí y fue a levantarse, se apoyó en mi polla de una manera que no me hizo daño: simplemente la agarró y la soltó, y luego disimuló como si no hubiera pasado nada. Si eres central, y quieres hacer daño al rival cuando le tienes cogido por la polla, lo que toca es apretarla para joder. Pero él no lo hizo. Eso me mosqueó muchísimo. No dije nada porque, según me levantaba, pensé en lo que decían de él los otros monitores en nuestras sesiones del parque.

Mientras corría, iba dándome cuenta de todo. Sin

tener pruebas, la certeza de que ese cabrón hacía lo que decían era más grande. Estaba clarísimo. Flashazos de todo lo que había sucedido delante de mis narices sin que hubiera reparado en ello. A mí me había sobado todos los días, aunque yo no lo había notado porque era idiota y estaba convencido de que era mi amigo. No había sido cariñoso solo conmigo: también lo era en público con los niños más delgados y cerca de entrar en la pubertad. A punto de ser adolescentes. Los niños-niños no le terminaban de interesar. Abrazos que duraban demasiado, caricias en la cara, ayudar a secarse al salir de la piscina. De vez en cuando dejaba caer un «Acompáñame, Fulanito», o un «Menganito, te necesito». El destino siempre era el mismo, el vestuario del polideportivo, y la excusa, guardar el material, también.

Recordarlo me da escalofríos. Qué cabrón. Qué inocente por no darme cuenta. Qué tonto. Aunque, si lo piensas bien (y así mi conciencia se queda tranquila también), yo solo era un chaval de catorce años. Un niño con pelos en los huevos pero un niño a fin de cuentas.

Pues ese jueves, Manu decidió que era mi turno. Yo sería la estrella en su fiesta de despedida particular. El más alto y adolescente de todos los chavales que todavía no eran más que niños. Manu no estaría al día siguiente para la fiesta de despedida de verdad porque se iba a otro campamento en Ávila por la mañana. Supongo que tenía calculado cuándo tocaba cambiar de ambiente y de chicos para que las habladurías de los monitores se diluyeran y cayeran en el olvido.

«XXX, coge la bolsa de los balones y vente conmigo al vestuario».

Me puse más tenso de lo que había estado en la vida. Sentía un ardor desagradable en el estómago, bajo la piel. Sabía lo que iba a pasar porque los monitores lo habían contado con pelos y señales cada tarde desde el principio del campamento: me iba a tocar, a abrazar y a besar. Todo sin dejar de tocarme el pene. Iba a abusar de mí.

Con catorce años de la época, no era normal tener claro qué era el abuso. Sin embargo, mis padres eran unos modernos y yo entendía perfectamente lo que implicaba esa palabra en un contexto tan cerca de la frontera de lo sexual. A mis padres siempre les he agradecido que me hablaran claro de todos los temas. Y sus respuestas a mis preguntas, fuera el asunto que fuese, iban cargadas de verdad. Honestidad brutal. Además, por si sus palabras no eran suficiente, siempre había un artículo de una revista, un documental o una película para completar la explicación. Quizá por eso sabía lo que quería hacerme ese hijo de la gran puta de Manu.

Según caminaba hacia ese destino oscuro que era el vestuario, mi imaginación se disparó. Quería anticiparme a lo que podía suceder, predecir sus movimientos. No me temblaban las piernas. Lo lógico hubiera sido que me pusiera nervioso, pero no fue así. Ya he dicho que me había puesto tenso durante el partido, pero en el sentido de apretar el cuerpo ante un golpe, no de nervios. ¿Temblores? Para nada. Mi cabeza trabajaba a toda velocidad visualizando posibilidades de cómo se me echaría encima, en qué momento y con qué palabras. Me estaba adelantando a los acontecimientos, quizá porque era (y soy) muy peliculero. Sé perfectamente que el cine no es más que un reflejo distorsionado de la realidad, pero me sirvió. Es un poco de flipado decir esto; sin embargo, la verdad es que las películas me ayudaron a predecir el futuro.

Mi abuelo era muy fan de Charles Bronson. Los fines de semana siempre alquilaba películas de acción y las veíamos juntos. Hay una de Bronson en la que se venga de unos delincuentes. Bueno, como en todas. En ese caso, los malos violaban a su hija. La escena era bastante explícita: la chica era forzada entre varios que le sujetaban los brazos y las piernas mientras gritaba. Mi abuelo no sabía que habría un momento tan fuerte. Dio igual, él no dijo nada y yo no pregunté qué sucedía. Ya le veía lo suficientemente alterado como para que yo le pusiera aún más nervioso. Había sido un error de cálculo por su parte: aunque yo era un niño muy precoz para mi edad, no dejaba de ser demasiado pequeño para ver esa escena. Pero bendito error, porque aquello fue una especie de manual de lo que podía pasarme. (Por si tenéis curiosidad, la película es *El justiciero de la ciudad*, de 1974).

Así que, cuando me dirigía al vestuario, agradecí mentalmente a mi abuelo que se hubiera equivocado al ponerme esa película, porque eso precipitó la intervención de mis padres con su arsenal de teoría y documentación sobre los abusos sexuales a menores. Pensaba en todo eso y en cómo evitar que Manu se me tirara encima. Era más fuerte y alto, y conocía mejor el escenario que yo. Pero él no contaba con dos cosas: 1) que mi familia me hubiera dado una master class sobre cómo era una violación y cómo se prevenía y 2) que yo estuviera tan extrañamente tranquilo.

Sabía lo que iba a suceder y ni siquiera se me aceleró el pulso. Era como si encontrarme en una situación como aquella fuera mi día a día. Me costó años entender el porqué de mi tranquilidad. Quizá todo nace de una confianza excesiva y de una capacidad para prever los acontecimientos entrenada gracias a mi afán por adivinar los finales de las películas. O simplemente se debe a que era y soy un inconsciente, porque en ese momento pensaba que lo tenía controlado. Lo sé ahora. Con catorce años, lo que piensas que tienes controlado, en realidad, no lo está. Crees que lo está. También admito que luego he pasado a controlarlo todo de manera instintiva. Los nervios, la respiración, el cuerpo… A fuerza de horas y práctica, claro, pero ha llegado un momento en que es como respirar para mí.

Pero volvamos a aquella tarde. Os lo voy a explicar todo lo bien que recuerdo. Poneos en situación.

Estamos en un polideportivo una tórrida tarde de verano. En un vestuario sin gente. Los vestuarios de los polideportivos son todos iguales: suelo de baldosas blancas que, con un poco de agua, se convierten en una pista de patinaje, banquillos de madera más dura que el acero, taquillas que funcionan con una moneda o que se cierran con un candado que te traes de casa, duchas en las que tarda una eternidad en salir el agua caliente (si sale) y jaulas enormes para guardar el material. Con aquella edad, habiendo jugado al fútbol desde pequeño en muchos campos de Madrid, puedo certificar que el noventa por ciento de los vestuarios son así. Hay algunos mejores que otros, por supuesto, pero todos tienen la misma esencia. Y la misma jaula para el material (el que las ponía se debió forrar). Nadie se lleva a su casa una red de balones del tamaño de un globo aerostático pequeño, además del material para los entrenamientos, el inflador, los petos, etcétera. Todo eso se tiene que guardar en algún lado. Pero aparte de ese uso, también puede tener otras funciones.

Así que el jefe de campamentos que va de enrollado y yo nos dirigimos cargados como mulas a la jaula de hierro con dos puertas. Tan simple como útil. Mismo diseño para dos escenarios distintos. El que corresponde a los materiales del campamento es el que está en la parte superior. El armatoste mide dos metros. Las puertas son pesadas y se abren hacia arriba. Carecen de un mecanismo para que se queden abiertas; hay que poner un tope para que se mantengan así, como el del capó de los coches. Si no pones la varilla, ¡pam!, cae a plomo. Pues con las puertas de esas jaulas sucede exactamente lo mismo. Supongo que el que diseñó aquello no terminó de entender lo peligrosas que eran si el tope fallaba: la gravedad convertía la puerta prácticamente en una guillotina.

«XXX, hoy has jugado muy bien. Aguantas bien el contacto».

Me quedo callado, expectante. No me cabe duda de que va a entrar a matar y sin perdonar topicazos: ya está seguro de que se ha ganado mi confianza y ahora me halaga para ablandarme.

«Si sigues así, seguro que llegas a jugar en el Riviera».

Soy del Vanguardia, así que ese comentario me toca especialmente los cojones. Y sí, en una situación en la que sé que van a intentar violarme, me quedo con el detalle de que uno me dice que debería jugar en el Riviera. Soy así, ¿qué pasa?

«Mete la red de balones en la jaula, que voy a refrescarme un poco. Tengo la camiseta empapada, me la voy a quitar. ¿No te la quieres quitar tú también?».

Ese truco conmigo no va a funcionar.

Debería haber perdido la compostura, pero no es así. El pecho se me acelera y las sienes me aprietan.

Escucho los latidos rápidos de mi corazón y me gusta cómo suenan. Parece una canción techno. En mi cabeza hay ruido, pero no me molesta. Lo estoy disfrutando. Sé perfectamente dónde estoy, qué distancia hay entre los dos y lo que se avecina. Podría estar bloqueado, paralizado por el miedo; sin embargo, si de algo estoy seguro es de que el hijo de puta este no me va a joder. No va a pasar.

Mientras estoy de espaldas metiendo la red de balones en la jaula superior, noto su pecho sudoroso pegado a mi espalda. Se agarra a la jaula y me aprisiona entre sus brazos. Ya se me ha echado encima. También noto algo duro. Somos casi de la misma altura, así que su polla erecta se me clava al principio de la raja del culo. Lleva los pantalones todavía, respira fuerte. Ahora me habla al oído.

«Me gustas mucho, XXX. Déjame hacer una cosa contigo».

Es más fuerte que yo. Me aplasta contra la jaula y no me puedo escapar. Además, pesa más que yo. En ese momento pienso que debería ir al gimnasio en cuanto me dejen. Tengo que ponerme fuerte. Un tío está intentando violarme y yo a lo mío, a mis cosas y a mis pensamientos extras de ponerme más cachas y tal. Y no es disociación: es falta de interés.

«Esto quedará entre nosotros. Será nuestro secreto del campamento».

Me besa el cuello. Es asqueroso. Son besos babosos, llenos de saliva. Noto su aliento, que, sorprendentemente, huele a fresa. Está muy excitado. Me tiene preso y lo sabe: no es su primera vez. Ahora sí que tengo pruebas de que todas las historias que contaban los monitores son verdad. Las sospechas son realidades.

«No te muevas, que voy a bajarte el pantalón».

Se asegura de que no me puedo escapar y usa una mano para recorrer mi cuerpo tenso y bajar hasta la cintura del pantalón. Él también está tenso, duro. No se relaja en ningún momento. Más adelante, con los años, sabré detectar cuándo un cuerpo está próximo al orgasmo, el instante en que cruza una frontera y ya no puede relajarse, tan duro que parece que está a punto de explotar de placer. En aquel momento solo noto su cuerpo pegado al mío y jadeante. Ya no está pensando en otra cosa.

Entonces, se produce un, no sé, llamadlo milagro, coincidencia, da igual; el caso es que la fuerza que me aprisiona contra la jaula desaparece porque, como me ha anunciado, va a bajarme el pantalón y la maniobra le ha obligado a moverse.

Ahí es cuando consigo escaparme de entre sus brazos. Salgo por mi izquierda, abriéndome paso a codazos con todas mis fuerzas. Yo también estoy tenso y la adrenalina bombea mis movimientos. Golpeo con el hombro el tope que sujeta la puerta de la jaula. Quiero que caiga como una guillotina.

«¡Aaaaaaah!».

Fueron tres sonidos, pero hay veces que los recuerdo como uno solo. Primero seco, después acolchado y finalmente mojado. Luego un silencio como nunca más he vuelto a experimentar. Y, después, el hijo de puta ahogándose. Tres segundos de angustia y otra vez silencio. Solo se oye mi respiración desacelerando. Las sienes no me aprietan. Estoy muy relajado. Desde el estómago me nace una sensación de paz que viaja hasta mi cabeza. Un subidón como nunca había sentido. Si habéis jugado al fútbol, imaginad que metéis el gol más importante de vuestras vidas. Ya sea en un Mundial o en el derbi contra los de la clase de enfrente. O una canasta ganadora. O las mariposas previas al primer beso. O un orgasmo. Pues multiplicadlo por un millón y probablemente ni os acerquéis a lo que sentí durante ese silencio.

Lo que sucedió después apenas lo recuerdo bien. Está como en una neblina. Sé que bebí agua del grifo. Estaba muy fría. Luego alguien entró dando voces y pidiendo ayuda. Desde ahí hasta que me acosté en mi casa horas después hay oscuridad. En mitad de la noche me desperté. Volví a ver la escena a cámara lenta: mi hombro golpeando el tope de la puerta, que cayó como una guillotina. Fue un movimiento involuntario pero providencial. Agradecido, me llevé la mano a ese hombro ejecutor. Y volví a dormir sonriendo. Volví a ver la escena a cámara lenta: mi hombro golpeando el tope de la puerta, que cayó como una guillotina. Fue un movimiento involuntario pero providencial. Agradecido, me llevé la mano a ese hombro ejecutor.

Querido lector, ahora ya sabes que no elegí matar. En absoluto. Matar me embistió como un tren de alta velocidad. Acabar con una vida (aunque fuera sin querer) me abrió los ojos a una forma de poder que nunca había soñado: ¿por qué dejar campar a sus anchas a un malnacido que iba a arruinar la vida de tantos niños que luego serían adultos traumatizados? ¿Por qué limitarse a confiar en que sucedieran accidentes?

A los catorce años intuí que el futuro me brindaría muchas ocasiones para hacer del mundo un lugar mejor, solo tenía que ser lo bastante listo como para hacerlo discretamente. Pero de eso yo iba y voy sobrado. Y saber que tenía el poder de acabar con la vida de otra persona apuntaló mi autoestima aún más que ligar o molar. Mi vida desde ese momento fue mejor porque tenía un propósito. O una afición. O una misión. No sé cómo definirlo con exactitud, pero iba a matar a quien se lo mereciese: una profesora que maltrata, un vecino que se pasa de la raya, una ladrona ilustrada...

Diario *El País*, 30 de julio de 1995

MUERE UN JOVEN APLASTADO POR LA PUERTA DE UNA JAULA

El director de monitores de un campamento urbano, Manuel P. R. (28), falleció ayer por la tarde en el polideportivo municipal del distrito norte. El accidente se produjo en el vestuario al caérsele encima la puerta de una de las jaulas que se usan para guardar el material deportivo. En el momento del incidente, el fallecido estaba acompañado por un menor, XXX (14), que lo presenció todo. Supuestamente, este menor estaba siendo acosado sexualmente por el fallecido. La investigación sigue abierta, pero todo apunta a que el agresor quiso acariciar las partes íntimas del menor. Este se negó y comenzó un forcejeo que terminó por forzar el mecanismo de la puerta de la jaula. Esta cedió cayendo y golpeando mortalmente al fallecido.

El menor ha sido interrogado por la policía, que corrobora esa versión. Sin embargo, el proceso de investigación sigue abierto. A raíz de la declaración de XXX, otras víctimas se han atrevido a hablar sobre el fallecido. Al parecer, Manuel P. R. acosaba y realizaba tocamientos a menores de edad en todos los campamentos que supervisaba. Por el momento se desconoce el número total de víctimas.

Estas acusaciones contrastan con la imagen del fallecido que tenían los padres de los menores que dejaban a su cargo durante el verano. Los familiares de Manuel P. S. han declinado responder a estas acusaciones. La madre del fallecido se ha limitado a afirmar: «Mi hijo era buena persona».

La policía nacional seguirá investigando el caso para completar una operación que tiene abierta sobre una posible red de pornografía infantil en la que Manuel P. R. ejercía de cabecilla y que podría salpicar a varios monitores más de otras empresas con las que colaboraba el fallecido.

La policía nacional ha hallado fotografías de menores en el dispositivo móvil de Manuel P. R. que lo convierten en el principal sospechoso de ser el responsable de la red de pornografía infantil vinculada a los campamentos de verano de la empresa propiedad de la familia del fallecido.

El menor supuestamente agredido por la víctima y partícipe del forcejeo que provocó el accidente letal se encuentra en buen estado de salud y ha sido puesto en tratamiento psicológico [...].

VII

Madrid, jueves 11 de abril de 2019

Cogió el teléfono y marcó el número de su amigo.

—Oye, XXX, que nos conocemos. Te recuerdo que esta noche hemos quedado en el Palomo.

—Joder, cómo eres. Que sí, que lo sabía. Nos vemos esta noche.

—Y vete preparando el discurso para contarme bien lo del gordo.

—¡Ja, ja, ja! Hecho.

Sergio y XXX se conocían desde la carrera. De hecho, su amistad era la relación más estable que habían tenido ambos desde entonces. Eran de la misma edad, pero no con la misma presencia. Mientras que XXX era alto y guapo, Sergio era bajo y no muy atractivo. Lo compensaba con una personalidad arrolladora. Con actitud se puede ir a cualquier parte del mundo. Sergio tenía más de eso que cualquier otra persona allá donde fuera. Porque ahí nacía el atractivo de Sergio. De la supuesta ausencia de virtudes, nacía su actitud. XXX admiraba mucho a su amigo por ello (y por otras cosas).

Pero, ay, su cerebro, ese músculo sí que funcionaba, y mucho y desde siempre. Desde pequeño había sido el más inteligente de la clase, pero por el miedo a ser excluido (más si cabía) no demostraba sus capacidades. Disimulaba. Sacaba buenas notas, pero sin exagerar ni que fueran todo dieces para no sufrir las consecuencias de ser tan listo. Casi no se atrevía ni a hablar con sus compañeros. Tenía poquísimos amigos con los mismos problemas que él, y a Sergio lo martirizaban en el colegio cuando el concepto de bullying no era ni una idea remota. Su primer beso lo dio con diecinueve años en una fiesta en casa de XXX.

Apocado y con complejos, llegó a la universidad convencido de que era su oportunidad de comenzar de nuevo. Allí no tendría que aguantar los insultos de los idiotas de clase ni disimular, ya podía ser él, construir un nuevo Sergio. No tendría que hacerse pasar por un mediocre para encajar. Sus excompañeros no iban a ir a la universidad: no les daba ni la nota ni el cerebro. Sin embargo, él tenía claro que estudiaría Periodismo. Quería ser reportero. O presentador de informativos. O locutor de radio. Todo aquello le fascinaba. Ya sabía que no era una profesión con la que forrarse, pero buscar la verdad, descubrirla y contársela a la gente era algo que le llenaba de orgullo.

Facultad de Ciencias de la Información, Madrid, octubre de 1999. Setecientos alumnos han iniciado los estudios en tres disciplinas: Periodismo, Comunicación y Marketing y publicidad. Sumando las tres carreras, cada año, solo esa universidad lanza al mundo laboral a casi un millar de jóvenes ilusionados que no alcanzarán sus sueños. Futuros parados de larga duración.

Pero en ese momento no lo sabían, todos creían que a ellos no les pasará porque son especiales (los setecientos de cada curso). En realidad, sí que hay personas especiales entre esas setecientas unidades de ser humano. Una o dos. Tres, si la promoción es sensacional. Ese otoño, los dos individuos excepcionales de esa promoción se conocieron de una manera de lo más extravagante.

Sergio llegó al aula 102 de la facultad con una ilusión a prueba de bombas. En general, el primer día en cualquier cosa suele ser un desastre, lleno de confusión y de miedo a lo desconocido, a no controlar el escenario, al desamparo de no conocer a nadie. Todo eso se nota en la mirada, aunque hay gente capaz de disfrazarlo. Sergio, aquel día, todavía no sabía hacerlo, y XXX lo detectó según entró. Le despertó ternura. Su futuro mejor amigo había llegado a clase aterrorizado; no le temblaban las manos, pero miraba muy rápido en todas direcciones. Se escuchaban risas exageradas al fondo, voces cada vez más altas, nerviosas. XXX estaba tranquilo jugando con el boli cuando Sergio pasó a su lado. Él había sido un triunfador social toda su vida y en todos los contextos, así que un primer día de clase en la universidad no le tensaba lo más mínimo. A XXX le alteraban los peligros reales derivados de actividades ilícitas y secretas que sobre todo debían seguir siendo secretas.

Tras tres semanas de curso, el ambiente general era más distendido y la gente se había soltado. Ya nada era tan amenazante como el primer día. Al acabar la clase de Historia de la comunicación, Sergio salió del aula y ve que tres de sus compañeros, a los que conoció el primer día y ya considera su círculo íntimo, se reían a carcajada limpia. Para Sergio, ellos tres eran su apoyo más sólido en ese ambiente nuevo e ignoto y sintió que volvía un temor antiguo: se sintió excluido.

—¿De qué os reís? —preguntó Sergio tratando de disimular la ansiedad.

—¿Te has fijado en aquel de allí? —señaló con desprecio uno de los futuros parados.

—¿Ese que juega solo con el *hacky*? —preguntó Sergio, desconcertado.

—Sí, es ridículo. ¿Se lo ha traído para hacer amigos o qué? Hay que ser pringado… —dijo otro futuro parado.

«Pringado» era una palabra que a Sergio le molestaba muchísimo. Así le llamaban a él en el instituto porque era diferente al resto de su clase. Se lo llamaban cuando decía que le gustaba el cine clásico, o cuando recitaba de memoria la alineación de la Alemania campeona del Mundial de Italia 90, o cuando respondía correctamente a las preguntas de los profesores. Le indignaba que sus nuevos amigos le endilgasen esa etiqueta a alguien que ni conocían y que solo estaba jugando con una pelota de arroz para matar el tiempo entre clase y clase. Con bastante talento, todo sea dicho de paso.

Era la primera vez que se fijaba en XXX. Sergio se había dado cuenta al instante de que el aire despistado de ese chico alto era totalmente calculado. Iba vestido como cualquier chaval de dieciocho años, pero había detalles que dejaban claro que aquello era un disfraz para encajar, para parecer uno más. A Sergio no se lo pareció en absoluto. No tenía un aura ni nada por el estilo que lo señalase; sin embargo, Sergio sabía que aquel chaval, por lo que fuera, era distinto. Como él.

Sin pensárselo dos veces y fiel a la promesa de no ser jamás como sus compañeros de instituto, decidió ir a hablar con ese chaval. A medida que se acercaba, el joven era más alto de lo que parecía y daba cada vez mejores toques con aquella pelota, como si estuviera enseñando sus habilidades a la espera de un «Hola» sincero. Buscando amigos a través de una bola. Probando una estrategia nueva, sin querer ser el centro de atención ni el más popular, como había sido siempre.

—Hola —saludó Sergio con timidez.

—Hola —respondió XXX sin apartar la vista de la pelota, que iba del muslo al pie, se dormía en el otro pie, volaba hasta la cabeza.

—¿Hace mucho que tienes el *hacky*?

—Desde que empezamos el curso.

—O sea, tres semanas.

—Exacto.

—¿Qué carrera haces? —preguntó Sergio con medida amabilidad para que aquello no pareciera un interrogatorio.

—Periodismo.

—¿Grupo A?

—Eso es. Voy a entrar a mi primera clase ahora mismo.

—¿Y qué has hecho hasta ahora?

— Pues entrenar para controlar la mierda esta.

El *hacky* seguía volando mientras hablaban. El alto lo hacía sin darle importancia a la pelota. La conversación sí le interesaba, aunque disimulase. Sergio también se había dado cuenta de eso.

—¿Has estado las tres semanas que llevamos de curso jugando con eso?

—¡No, joder! —exclamó XXX con una sonrisa que lo hacía aún más guapo—. También he reconocido el terreno. Me he hecho amigo de los camareros de la cafetería y de los de las fotocopias, que al parecer son los importantes aquí.

—Reconociendo el terreno y haciéndote al sitio, ¿no?

—Exactamente.

—Por si cometes un asesinato, tienes controladas

todas las salidas, los ángulos muertos de las cámaras y tal —bromeó Sergio.

El *hacky* cayó al suelo. El chico alto se quedó mirando fijamente a Sergio como si le hubieran descubierto. Fue medio segundo de congelado. Rápidamente sonrió y se agachó a por la pelota de arroz mientras soltaba un «Joder, qué torpe». Reinició el juego en tanto esperaba que su interlocutor hablase.

—¿Y lo del *hacky* entonces?

—Pues para dominarlo y, con un poco de suerte, intentar que alguien se acerque para ser mi amigo.

—No pienso jugar a eso.

—Yo tampoco. De hecho, anuncio mi retirada del *hacky* ahora mismo.

—¿Cómo?

—Que me retiro de lo del *hacky*. Ya ha cumplido su función.

—Que era…

—Te lo dicho hace un momento: atraer a alguien lo suficientemente interesante como para dejar de hacer la mierda esta. Estaba probando una nueva estrategia.

—Buena táctica, la verdad. Extravagante pero eficaz.

—Lo sé. Mi nombre es XXX y voy a ser tu mejor amigo. Encantado.

—¿Lo del pelo despeinado también responde a un plan?

—Por supuesto, pero de eso hablaremos luego. Entremos en clase.

—Me gustaría conocer a los de la cafetería.

—Eso después, que el camarero que me fía los minis no entra hasta dentro de una hora.

—Me llamo Sergio, por cierto.

—Encantado, Sergio.

Un año después de aquella conversación, fallecía Ana Terrados, la profesora de Lengua española de primero de Periodismo, en un terrible accidente en los accesos al sótano que alberga la videoteca de la facultad. Se trataba de un sitio bastante escondido, donde apenas había gente durante las horas lectivas. Ana Terrados fue encontrada a los pies del primer escalón de aquellas escaleras tan empinadas y solitarias.

Las autoridades acordonaron la zona y la universidad estuvo cerrada tres días para guardar luto por la profesora y dejar a la policía trabajar. Luego los investigadores clausuraron el acceso a la videoteca para estudiar minuciosamente el escenario donde se había producido el accidente y descartar un supuesto asesinato. Examinaron también las grabaciones del sistema de seguridad, pero el lugar de aterrizaje de Terrados se encontraba fuera del encuadre de las cámaras. No encontraron evidencias de que hubiera alguien más implicado en el deceso y concluyeron que la muerte se había producido por culpa de un mal paso que propició una caída tan fuerte que aquella mujer se rompió el cuello.

Un mes después, se descubrió que la profesora Terrados se dedicaba a desviar dinero de la facultad para sufragar su ludopatía en el casino de Gran Vía. No solo era adicta al juego y malversaba fondos públicos, también chantajeaba a los alumnos a cambio de aprobados. Sergio testificó ante el juez, ya que fue uno de los últimos alumnos que sufrió sus presiones y tentativas de chantaje, aunque él nunca llegara a pagar nada, porque no tenía ninguna duda de su capacidad para aprobar por sus propios medios. Por lo que la policía descubrió, aquel entramado llevaba años en funcionamiento. A lo largo de cinco años, entre ella, su marido, también profesor, y una amiga de administración se habían embolsado casi cuarenta millones de pesetas (unos doscientos mil euros) a base de cheques falsos, un procedimiento más sencillo de lo que cabía esperar.

Nadie lloró la muerte de Ana Terrados, ni siquiera su viudo ni su amiga, a quienes les cayeron quince años por cabeza. Terrados había sido el cerebro de aquella trama y había arrastrado con ella a las dos personas más importantes de su vida. Les manipuló y engañó, no eran más que sus títeres. O eso alegaron ellos durante el juicio.

La asociación de alumnos emitió un comunicado lamentando el terrible desenlace del accidente de la profesora, pero lo aprovecharon para denunciar la inadecuada praxis rampante de la facultad. De todas formas, las malas lenguas decían que de puertas para dentro a nadie le había apenado la muerte de Ana Terrados. Incluso hubo una fiesta el día después de su muerte. La organizó XXX en un garito cercano a la universidad, que ya conocía gracias a sus expediciones. Algunos profesores admitieron en *petit comité* que aquel fallecimiento fue un alivio, porque tampoco era la mejor compañera en el claustro. Era como si aquel accidente hubiera sido una bendición, un acto de justicia poética.

Desde aquella primera conversación, y después de que XXX acompañara a Sergio en su testimonio contra la profesora, se hicieron inseparables. Eran complementarios: lo que no tenía uno lo tenía el otro. Se entendían con solo mirarse, y era tal la conexión que podían llegar a ofenderse con media frase. Ese era el nivel de compenetración. Los mayores enfados son con las personas que más quieres. Y las mayores alegrías, también.

VIII

Madrid, jueves 11 de abril de 2019

Anabel González disfrutaba con el doble juego, fueran asesinatos o escándalos. El estilo del programa era proporcionar explicaciones edulcoradas en antena pero ahondar en los detalles, que al final era lo que vendía. Cada mañana, aparecían con algo nuevo para alimentar al monstruo, que no era otro que el público, esa bestia mitológica a la que la presentadora y todo el equipo de *De buena mañana con Anabel* cebaban todos los días sin miramientos. Ese jueves se cumplían dos semanas de Anabel en el candelero con Valentino.

La reina de las mañanas había entendido como pocas personas que la fórmula del éxito pasaba por tocar determinados temas, ser tan demagoga como resultara posible y atacar al Gobierno, fuera del signo que fuese, aunque a ella le tirara más todo lo que quedara en las antípodas del comunismo desatado que según ella proliferaba en los últimos años. Y no perdía ocasión de recordárselo a su audiencia. A partir de cualquier suceso, Anabel era capaz de hablar de delincuencia, política, mala gestión y economía. Era la maestra de la concatenación.

Nadie podía negar que Anabel era agradecida con los colaboradores que le ponían en bandeja esas oportunidades, esos caramelos. La directora del programa era consciente de la valía de XXX. Lo apreciaba lo suficiente como para cederle el espacio que necesitaba en su programa y darle brillo, aunque al final la verdad era que Anabel estaba exprimiendo sin piedad a XXX para seguir siendo la reina de las mañanas. Y reina no había más que una, porque los tronos nunca habían sido multiplaza.

—¿Qué te pasa, XXX? Te veo apagado. Vamos a tomar algo, así se te quita esa cara de niño contrariado. —Anabel no soportaba que nadie estuviera de morros cuando ella estaba contenta.

—Anabel, hoy no puedo —respondió XXX a la vez que intentaba recuperar su gesto habitual de desdén.

—Claro que puedes, ¿o tengo que recordarte quién te paga el sueldo? El *afterwork* también es trabajo, quiero comentar contigo un tema del programa de mañana.

—¿Acaso me vas a contar cómo has montado el caso de Valentino? ¿Vas a compartir conmigo tus fuentes? ¿Me vas a tirar alguna migaja para que no me muera de asco? —preguntó XXX, que en el fondo sí que estaba contrariado por los días que llevaba relegado a un segundo plano.

—Por supuesto que no, pero quiero oír tus ideas sobre otro tema y quiero ir a tomar algo, así que no se hable más.

—Está bien, voy, porque parece que tampoco te puedo decir que no, pero no me quedaré mucho, que me esperan en otra parte.

—¿Quién? ¿Sergio, tu amiguito del alma?

—¿Cómo sabes siempre qué voy a hacer y con quién?

—De la misma manera que sé muchas otras cosas, entre ellas qué estás pensando: porque soy más lista y tengo más años que tú, niño.

Muchos periodistas habían pasado por ese plató de Telepronto a lo largo de los años que llevaba el programa en antena, pero XXX era un caso particular. La cámara le quería y comunicaba muy bien. En otro tiempo, Anabel se lo hubiera tirado sin pestañear, pero había llegado a la redacción cuando esa relación le hubiera hecho quedar mal a ella, por la diferencia de edad y de poder, así que se conformaba con los buenos resultados del material que le traía y con sus inocentes juegos de dominación.

XXX estaba contento con su acuerdo con Anabel, estaba satisfecho con lo que le pagaban (era mucho comparado con otros puestos del sector y una miseria en relación con otros negociados) y estaba feliz con la fama que le proporcionaba ser el especialista en *true crime* en *De buena mañana con Anabel*. Aparte del dinero, su posición y la fama, a XXX había algo que le gustaba por encima de todo: le encantaba estar en el plató y ver a excompañeros y antiguos colegas hacer la calle como meros redactores rasos. Le perdía el clasismo profesional y Anabel lo sabía.

3

Como podéis imaginar, lo del campamento y la muerte del pederasta quedó en nada para mí. Solo tuve que explicar bien la historia a los policías. Fue la primera vez que hablé con ellos. También ha sido la única vez que les dije todo lo que sabía, la pura verdad. Lo cierto es que yo no había tenido ninguna intención de matar a Manu. Solo trataba de huir de él. Les describí cómo sucedió: el ruido de la puerta de la jaula cerrándose, mi parálisis ante el cuerpo (luego me he dado cuenta de que no fue eso, sino que me quedé a ver cómo se moría). Me explicaron que aquel accidente había ayudado a descubrir el resto de las atrocidades que había perpetrado Manu. Gracias a que ese indeseable murió, otros chicos se atrevieron a hablar y los monitores, a pesar de no tener pruebas, compartieron los rumores y los testimonios sobre la forma de actuar su jefe. Los policías me lo contaban agradecidos (o eso quise interpretar yo). Tras un mes de conversaciones y entrevistas en comisaría, siempre acompañado por un abogado amigo de mi padre, me dejaron tranquilo y se olvidaron de mí. «No te preocupes más. No hiciste nada malo».

¿Que no hice nada malo? Bueno, vamos a ver, por mi culpa murió una persona. ¿Que esa persona era un hombre que abusaba sexualmente de chavales? Sí, pero yo no lo sabía con seguridad. ¿Que de una manera poco habitual se había hecho justicia? Sí, pero aun así había matado a alguien y casi me estaban dando las gracias.

Después de aquel verano movidito, seguí con mi vida sin ninguna secuela reseñable y no tardé en llegar a una conclusión: la casualidad me había convertido en un asesino, pero también me había descubierto un mundo nuevo. Lo sucedido fue el detonante que necesitaba para encontrar mi motor vital. Así leído parece fuerte, pero es que fue así. A raíz de aquella primera muerte, quise más porque soy un asesino. En realidad, el destino me puso esa posibilidad delante y no la dejé pasar. No tardé mucho en adentrarme en ese camino.

La sensación de contemplar cómo un ser humano se desvanece ante ti es algo indescriptible. Visto con la perspectiva del tiempo, puede que sea capaz de hacer un boceto de lo que siento cuando mato. Te pido que me acompañes en este tour sensorial.

Imagina despertando después de un sueño profundo, con el sol tenue entrando por la ventana, sabiendo que no tienes ninguna obligación por delante, con todo en silencio. Paz absoluta.

Ahora piensa que estás en una playa desierta. Corre una ligera brisa y las olas te mojan los pies, el sonido del mar y el viento te acarician, el horizonte fluye.

La satisfacción al cerrar un libro que te ha encantado. Cómo se mueve tu mente cuando te levantas de la butaca del cine tras ver una película de las buenas. Tu primera raya.

Un sabor que te sorprende de una copa de vino. Cuando te sonríen de verdad. Tienes muchísimo calor, pero un chorro de aire frío hace que te estremezcas. Saber que has hecho bien algo. Tus padres orgullosos de ti.

A todo lo anterior, súmale el placer que proporciona un buen orgasmo. Pero, ojo, que no estoy diciendo que matar me haga correrme, no, por favor.

No soy un desequilibrado. Es la sensación del placer del sexo. O de un gol importante si eres más de fútbol que de follar y no has entendido nada.

Mézclalo todo. Acelératlo. Intensifícalo. Pues eso es lo que siento cada vez que mato. Sea o no por dinero. Ser capaz de describirlo me ha llevado bastantes años y cincuenta víctimas, entre los encargos y los actos justicieros. Ahora puede que estéis repasando mentalmente lo que siento al matar. Y puede que me entendáis. Ojalá. O simplemente que confirméis que estoy loco y que soy muy peligroso. No busco vuestra aceptación. Ni vuestro perdón. No lo necesito. Simplemente quiero compartir mis sentimientos con vosotros porque creo que mis actos os servirán de ejemplo.

Creo que todas mis víctimas se dan cuenta de que van a morir a mis manos. Aunque sea durante un segundo. Esa certeza es el prólogo de su muerte, se les nota en los ojos. Hay un fuego de ira en su mirada que se va apagando al mismo tiempo que su respiración se ralentiza. Es un proceso de una belleza sin parangón.

Solo ha habido una persona que supo lo que yo era mucho antes de acabar con ella. Quizá porque estaba habituada a las amenazas y era capaz de distinguir las reales de las ficticias. Desempeñaba una labor complicada, rodeada de gente conflictiva, y tenía la experiencia suficiente para lidiar con esos problemas. Se enfrentaba a quien hiciera falta cuando era consciente de que la razón estaba de su parte, lo cual sucedía casi siempre porque era una mujer muy matemática. Y química. También era un demonio que disfrutaba viendo sufrir a las personas que tenía a su cargo. No sé si maté a una igual a mí. A otra asesina, quiero decir. No me he vuelto a cruzar con alguien que mostrara tan poca empatía. No había circunstancias ni personas que le hicieran cambiar de parecer. Si ella decidía una cosa, a muerte con ella. Pues eso, muerte a ella.

Fue mi segundo asesinato. El primero deliberado. Y cumplí el sueño imposible de la mayoría de los estudiantes de secundaria.

Os invito a participar de nuevo. En este caso es un ejercicio de regresión. Un viaje al pasado para remover los recuerdos de odio más potentes de la adolescencia. Seguro que uno de vuestros profesores os hacía la vida imposible. Odiabais su asignatura y, a la mínima cagada, suspendíais. Clamabais clemencia. Y si no la recibíais, clamabais el mítico: «¡Es que me tiene manía!». En el caso concreto que os voy a contar probablemente fuera verdad. Que me tenía manía. Bueno, y si no era manía, era algo parecido. Este asesinato va a ser un camino interesante, porque seguro que os vais a imaginar en la misma situación que yo, haciendo lo mismo que yo y, no os sintáis culpables, paladeando la misma satisfacción que yo.

Ahora necesito que penséis bien en aquel profesor o profesora que os hizo la vida imposible (o que vosotros creéis que era así). ¿Nombre y asignatura? ¿Lo tenéis? Os digo el mío: Rosa María, Física y química de segundo de BUP. Retenedlo porque va a ser divertido.

IX

Madrid, madrugada del jueves 11 al viernes 12 de abril de 2019

El Palomo abría a las doce de la noche, nunca en fin de semana. Habían pasado más de quince años desde que lo inauguraron para salvar el espíritu y la autenticidad de la noche madrileña y se había convertido en un reducto único. Los dueños odiaban que les dijeran que lo habían fusilado todo del Toni2; ellos defendían que era un homenaje a un estilo de vida. El Palomo tenía el mismo tipo de piano de cola y la misma filosofía: copas, juerga, ambiente sórdido y rancio, pero *cool* al mismo tiempo, y mucha discreción. Lo mismo te encontrabas a Leticia Sabater que al hijo de Plácido Domingo cantando Camilo Sesto mientras lo más moderno de Madrid se tomaba algo apiñado alrededor del piano. Nunca trascendía ni salía nada de lo que allí sucedía en las revistas de cotilleos o en las tertulias de sociedad de la tele. La gente fumaba, cantaba y bebía sin problemas. En los baños se hacían rayas y en la sala los camareros servían un gin-tonic, unas albóndigas o un mosto sin pestañear, porque no están preocupados por hacer caja.

Sergio se acodó en la barra a esperar a su amigo, que vivía cerca pero nunca llegaba puntual. Tenía tiempo de estudiar el ambiente, una actividad que siempre le distraía durante los tiempos muertos. Al Palomo acudía una clientela ecléctica que ocultaba a las mil maravillas un aspecto muy particular del local: en determinados círculos era sabido que en el piano bar se podía encargar un asesinato. Por supuesto, se trataba de círculos muy elevados, muy estrechos, muy elitistas y muy oscuros, porque tampoco es el pan de cada día contratar a un sicario. Paco de Manoteras no tenía acceso a esa información y Charo de Vallecas, tampoco; ellos no se movían en los ambientes en los que se manejaban esas confidencias y no tenían el dinero para contratar los servicios de un asesino profesional, pero tampoco la necesidad acuciante de hacerlo. Porque a todo esto costaban un riñón. Los buenos lo valían: no dejaban pruebas, solo el cadáver, y a veces, abonando un suplemento, ni eso.

Sergio los observaba fascinado cada vez que tenía oportunidad: eran personas normales que no llamaban la atención, solo que contaban con habilidades especiales y carecían de remordimientos. A ojos del resto de los clientes del bar, eran gente que estaba allí tomando algo, a ver si follaban esa noche. Nada más. No destacaban por su vestimenta ni por su físico, eran personas anónimas con caras fácilmente olvidables. Por lo general, los asesinos que se podían contratar en el Palomo se encargaban de casos de herencias, testigos incómodos en tramas de corrupción, amantes demasiado intensos, rivales en la Bolsa, aristócratas, maltratadores, etcétera. En realidad, lo que fuera mientras se pagara la tarifa. Con una excepción: nada de niños.

De quienes se podía decir lo mismo era de los periodistas, por lo menos de los que iban al Palomo. Los culpables de la prostitución de la profesión se reunían para beber y despotricar en el local. Los que habían traspasado las fronteras de la moral celebraban la noche y sus éxitos. Allí no te encontrabas a los directores de periódicos ni a los dueños de los canales de televisión. Los generales iban a otros lugares. Sin embargo, sus coroneles, los que decidían inventarse la realidad a cambio de más espectadores o de más visitas, se congregaban alrededor del piano para cantar Maná o cualquier otro grupo sin talento. Hacía tiempo que habían olvidado por qué deseaban ser periodistas, ya eran otra cosa: infaliblemente corruptos y complacientes con el poder. Siempre eran los más ruidosos, pero no molestaban; por lo menos dentro del Palomo no le hacían mal a nadie.

Aparte de los modernos, de los sicarios y de los periodistas, todos clientes habituales, Sergio se fijaba siempre en el otro grupo extraordinario que solía acudir al Palomo. Solo se conocían de ir allí y compartir canciones: un taxista travesti, un poeta arruinado por escribir mal, un abogado que perdía todos sus casos, una cantante de orquesta llamada Milagros y un actor que hacía teleteatro. Sergio sabía dónde encontrarlos: el rincón del fondo pertenecía a ese clan. Los había saludado nada más entrar porque, al fin y al cabo, se conocían todos. Bueno, ese día no.

Ese día, un jueves tonto cualquiera, había mucho ambiente, demasiado. Con varias convenciones y ferias de gastronomía y juegos de azar en Madrid, el local está hasta arriba. Algún gilipollas debía de haber hecho una buena reseña en las redes sociales y el sitio se había llenado. Solía pasar dos veces al año: una especie de tormenta turística que amainaba tras un par de semanas de ajetreo. Los clientes de ese día eran gente de fuera de la ciudad que aprovechaba para mamarse y para drogarse. Cuando el ser humano estaba lejos de su zona de operaciones habitual y se sentía protegido por el anonimato, el despendole estaba asegurado. La barra estaba hasta arriba, no había ni un hueco ni un taburete libre para sentarse; solo estaban libres los sofás de cuero de la zona menos iluminada, y ese no era buen sitio para hablar.

Sergio había quedado con su amigo para tratar un tema delicado, pero tenía la paciencia suficiente para esperar al momento adecuado. Siguió vigilando la puerta y quién entraba. Pidió una copa mientras chequeaba el móvil. Se dio cuenta de que ya casi había terminado la semana y el alcalde todavía no le había vuelto a llamar. De quien sí tenía un mensaje era de Valentino, que desde luego no era del club de la paciencia. Sus jefes ya le habían advertido que estaba perdiendo el norte, pero no era lo mismo conocer el camino que andarlo. Escuchar aquella idea de boca de Valentino le había removido. El «Ya hemos tenido suficiente. Hay que sacarle del tablero» de los que le pagaban resonó en su cabeza.

Como ya tenía el teléfono en la mano, Sergio decidió llamar a XXX para meterle prisa.

4

Llego tarde. Otra vez por culpa de Anabel, que cuando le da por secuestrarme para soltarme la chapa no hay manera. He quedado con un amigo en un garito cerca de donde vivo, que es como mi segunda casa o, según se mire, como mi segunda oficina.

A todo esto también os pido perdón. Que ¿por qué? Pues porque llevo ya un buen rato contándoos mi vida y obra, mis comienzos (que voy a dejar para luego), mis traumas e iluminaciones, pero no os he mencionado un giro totalmente inesperado de la revelación que supuso descubrir la posibilidad de matar. Un día, sin comerlo ni beberlo, empecé a cobrar por asesinar, y eso fue el origen de muchas cosas, entre ellas de mi éxito como periodista.

Esta es la historia de cómo pasó, porque merece

la pena. Lo primero que tenéis que saber es que me profesionalicé gracias a Punta Cana y a un viaje de fin de curso.

A principios de la década de 2000 todavía estaba muy extendido hacer un viaje a mitad de carrera con los compañeros de clase a donde el dinero y las ganas lo permitiesen. Creo que el famoso viaje del ecuador se sigue haciendo en algunos grados, aunque a mí me da igual la verdad. Cierto es que me ha salido esto como si fuera un señor de setenta años que está contando historietas a sus nietos. Bueno, total, que nos queríamos ir a Punta Cana prácticamente todos los del tercer curso de Periodismo de la Complutense de Madrid. Éramos siete clases de ciento y pico alumnos. Casi mil personas. Una puta locura. Un viaje sensacional. Y caro. Ya funcionábamos en euros y la gracia salía por unos mil, aproximadamente. Si lo pensamos bien, aquello era un universo para alguien como yo, que por aquellos años solo ganaba pasta por ser relaciones públicas de discotecas. Además, al final ganaba poco, porque me dedicaba a beberme el salario e invitar a chicas. Y en tabaco. Luego tenía que comprarme el abono transporte. Y chicles. Y fotocopias. Y me dejaba otro tanto en música y en ir al cine. Ya está. Manirroto. Incapacidad demostrada y prolongada para ahorrar dinero. Acojonante lo mío.

Los números no fallaban. Con mi economía precaria y mi vida de rico, pagarme el viaje iba a ser complicado si no empezaba un plan de ahorro radical o me buscaba más ingresos. Para la recaudación colectiva, elegimos la opción más simple y trillada: vender papeletas para una rifa. El premio eran un jamón y un chorizo que nos salían tirados, porque había uno que tenía familia charcutera. Todo muy glamuroso. No éramos publicistas, éramos periodistas. Lo de vender, crear campañas y demás no era lo nuestro. Así que tenía que vender papeletas como todo hijo de vecino y me tenía que buscar la vida para la parte que me tocaba pagar. Me centré en lo segundo porque aún recordaba el esfuerzo que tuve que hacer para vender las papeletas de la fiesta con barra libre de segundo de BUP. No quería volver a pasar por aquello. Ni por todo lo que sufrí para pagarme el viaje de COU. Para el viaje de la universidad, di clases de matemáticas a niños, paseé perros, hice de canguro, mendigué propinas a todos mis familiares y empecé a repartir *flyers* de discotecas.

Me tomé en serio lo de ser relaciones públicas de discotecas. A mí la noche siempre me había gustado, pero, claro, para sacar el dinero tenía que «trabajar» casi todos los días. Salir por gusto mola, salir por obligación es otro tema. También es verdad que, cuando acababa, no me iba a casa: cuando la discoteca cerraba, el resto de los relaciones públicas y yo nos íbamos a investigar la noche profunda madrileña. Así conocí yo el auténtico Madrid, el que Sabina cantaba (y el que casi se lo carga).

Evidentemente, los planes de ahorro saltaban por los aires cada vez que me iba de farra. Me gastaba lo que me pagaban cada noche por llevar gente a la discoteca unas pocas horas después de recibirlo en mano. Un círculo vicioso; interesante pero vicioso. Y uso el término «interesante» porque la noche madrileña muestra cosas que el día esconde. La gente tiene miedo a la oscuridad porque la oscuridad asusta; se piensa que solo por la noche salen los villanos de las películas y suceden cosas terribles, cuando a la luz del día tienen lugar los mayores crímenes.

Desfilábamos por los locales más variopintos. Siempre había alguien que conocía uno del que los demás no habíamos oído hablar. Fuimos probando y descubriendo sitios a fuerza de dejarnos capitanear por los demás o deambulando y entrando en cualquier lado. No éramos un grupo de borrachuzos ni exploradores ni nada por el estilo: éramos jóvenes con ganas de experimentar y conocer la ciudad de verdad. Podíamos ir a uno de pijos cerca del estadio del Riviera hasta la bandera de cocaína; a otro que era un sótano por Lavapiés, donde sonaba música africana; a uno cerca de Gran Vía donde siempre iba un conocido actor que se creía un pirata porque una vez salió en una peli de ese género; a la sala de al lado de la discoteca en la que trabajábamos, donde ponían la música más moderna del mundo; al tablao flamenco de la esquina también íbamos; a uno que no era más que un pasillo y tenías que sentarte en los barriles de cerveza que hacían las veces de sillas, aunque luego solo servían calimocho con o sin chorrito de licor de mora. A fuerza de investigar, acabamos controlando Madrid de arriba abajo.

Aunque cada uno tenía sus preferencias, todos amábamos un lugar que congregaba a todos los especímenes nocturnos madrileños en torno a un piano: el Toni2. Desde el individuo más rico hasta más perdido se reunían allí, compartiendo canciones. Un local de suelo de moqueta, con una carta loquísima que mezclaba toda clase de cócteles, combinados y espirituosos con raciones de albóndigas y tortilla de patatas. El público que iba era como la carta: taxistas, travestis, periodistas, cantantes profesionales, escritores, banqueros, reponedores, químicos, políticos, etcétera. La hora buena para hacer acto de presencia era después de las tres y media. El piano era el centro neurálgico de aquel antro: todo el mundo se apretujaba alrededor, cantando y bebiendo. Es complicado de describir la magia que flotaba en el ambiente (y no, no era droga lo que flotaba. La droga, el que quisiera, al baño, como en cualquier otro sitio).

Ese Shangri-La de la noche fue víctima de lo que se está cargando el centro de muchas ciudades europeas: la gentrificación. Eso y una conocida guía de viajes que lo definió como «el lugar al que hay que ir para acabar la noche en Madrid». No mentía, pero, claro, nos llenó el sitio de turistas pasados de vueltas. Supe que la magia se había desvanecido una noche a las cuatro de la madrugada, cuando un par de niños bien mexicanos que estaban delante de mí y contaban a gritos que se habían mudado a Madrid para estudiar un máster de no sé qué empezaron a reírse de uno de los parroquianos del Toni2. Vale que cantaba muy mal y llevaba un jersey manchado, pero eso no venía a cuento. En ese instante, entendí que aquel sitio ya no era un santuario de la noche madrileña y que el quid de la cuestión radicaba en que esos mismos gilipollas se pidieron una botella de vino normalito y el camarero se la cobró como si fuera un Vega Sicilia. Entonces no me quedó ninguna duda: aquel sitio se estaba llenando de personas con tanta pasta que al dueño le daba igual si se perdía o no la esencia del Toni2; era un tema hacer caja y punto. Es el mercado, amigo, las personas dan igual. Aquellos dos solo eran la muestra. La clientela empezó a mutar: no faltaban clones de aquellos niños ricos malcriados, españoles o extranjeros, porque daba igual la nacionalidad; era la esencia lo que se había perdido.

Total, que el Toni2 ya no era nuestro sitio y nos fuimos, pero no nos fuimos solos. Un par de camareros, que pensaban igual que nosotros y a los que el dueño decidió no subir el sueldo a pesar del renovado éxito del local, emprendieron una misión salvadora de la esencia de la noche madrileña. Como sabían muchos secretos del propietario, este añadió una suma interesante al finiquito a cambio de su silencio. Los nuevos socios usaron el dinero para clonar el Toni2 en otra zona de Madrid, cerca de Ópera y de donde unos años después yo tendría mi ático (aunque por entonces no se me hubiera ocurrido ni en mis sueños más locos). El Palomo abrió sus puertas tres meses después del episodio de los pijos mexicanos. A la inauguración acudimos todos los habituales del Toni2 y una nutrida representación de la clientela que frecuentaba el pub antes del traspaso.

Y para recuperar el hilo, que me pierdo con tanta batallita y cotilleo, os cuento que todo esto sucedió cuando me quedaba menos de un mes para pagar el viaje a Punta Cana y, aunque yo llevaba desde septiembre «trabajando» la noche, apenas había ahorrado ciento cincuenta euros. Un drama, pero no estaba preocupado, la verdad. Porque era un inconsciente y porque si no iba al viaje, me daba lo mismo; tenía un nuevo grupo de gente con la que salir y me lo pasaba mejor que bien. Punta Cana había quedado en un segundo plano hasta que todo cambió gracias a una conversación en la barra del Palomo.

—Hola —saludó nervioso un señor con el pelo blanco que llevaba un pañuelo rojo perfectamente doblado en el bolsillo de la americana.

—Hola —respondí yo con una sonrisa.

—No sé cómo decir esto, pero… quiero contratar tus servicios —dijo atropelladamente el caballero, cuya voz desprendía dinero y el movimiento de sus manos, ansiedad. Los nervios delataban que el dinero no era de cuna sino reciente.

—¿Perdón? —Lo miré asombrado. Me fijé en que tenía un Rolex de oro en la muñeca derecha, cuando las normas dicen que hay que llevar el reloj en la izquierda. Luego reparé en los dedos, callosos, de haber trabajado mucho con las manos. Labores de construcción o de campo.

—Sí, mira, un directivo de mi empresa me ha hablado de que aquí se viene para contratar a cierta gente con habilidades especiales… —Hablaba mirando al suelo, aunque su voz desprendía una confianza excesiva. Era un falso humilde. Simulaba estar avergonzado, pero estaba hinchado como un pavo.

—No sé qué le han dicho ni quién, pero yo no ofrezco ningún servicio. Me siento muy halagado, pero no —rechacé la propuesta, pensando que se refería a sexo a cambio de dinero.

Confieso que no valoré en ningún momento la posibilidad de hacerle una mamada para sacarme dinero para el viaje. Ya había hecho algunos pinitos en ese terreno, pero ese día no me veía, la verdad. No me apetecía para nada la polla de un nuevo rico.

—Ah, perdona. Creo que no me has entendido bien: no quiero follar contigo. A mí me van las mujeres tetonas y discretas. El precio me da igual. Yo quiero contratarte para un trabajo especial. Me han dicho que en el Palomo puedo encontrar a alguien que elimine a otro alguien sin dejar rastro —soltó eso ya sin pestañear. Seguramente como cuando pagaba a los políticos para que le adjudicaran una obra pública. Cero titubeos.

Se me había abierto el cielo. Eso sí que era una oportunidad para resucitar mi maltrecho plan de ahorro. Y además, ese era un trabajo que sí que me apetecía. Cuando escuché la palabra «eliminar», tuve que hacer un esfuerzo titánico para disimular mi sorpresa. A punto estuve de perder el apoyo del brazo que estaba en la barra. ¿Realmente ese tipo que tenía pinta de nuevo rico me estaba ofreciendo dinero por matar a alguien?

—¿Qué más le han dicho del Palomo? Lo digo porque somos muy discretos con ciertos servicios y no nos gusta que se vaya corriendo la voz. Lo que hacemos es una cosa muy especial. —Fingí tanto aplomo y convicción como fui capaz. Deseaba con todas mis fuerzas que el millonario me creyese y que me diera el trabajo. Le miré a los ojos como nunca había mirado a nadie. Era una apuesta.

—¿No eres muy joven para dedicarte a esto?

Ahora desconfiaba de mí, lo cual me parecía lógico. O a lo mejor era una táctica para negociar la tarifa.

—Por eso cobro lo que cobro. Nadie se espera que yo sea una amenaza letal, ¿no le parece? Eso me da carta blanca para acercarme a la víctima sin despertar sospechas —aseveré y bebí un trago del ron con Sprite mientras miraba al frente.

—¿Y cuánto cobras? El dinero no es problema.

Cuando hay que hablar de pasta (y demostrar que la tienen), estos especímenes que nacieron con el boom inmobiliario pierden la razón, les encanta aparentar cuanto más, mejor. El carcamal había picado: se había creído que yo era un profesional. Ahora me tocaba negociar mi tarifa (es decir, inventármela, poner precio profesionalmente a matar). De verdad que todavía no sé cómo se lo tragó. Supongo que cuando le relaté mi currículo «profesional», el tipo se acabó de convencer de que estaba hablando con una persona que no era ajena a asesinar. Fue el único momento en el que estuve realmente relajado, porque le estaba contando mi vida (omitiendo que hasta la fecha lo había hecho por amor al arte). Aquella fue mi primera negociación como profesional. Le saqué varios viajes a Punta Cana más gastos, y también conseguí que me contase todo lo que su directivo le había dicho para que fuera al Palomo.

Fue entonces cuando me enteré de que el Palomo estaba lleno de gente con habilidades especiales. La vida es caprichosa porque el destino es un guionista excelente. Los tránsfugas del Toni2, con su suculento finiquito y el extra, no tardaron en cerrar un acuerdo para coger un pub en traspaso, hacer la reforma y abrir sus puertas de nuevo. El Palomo tenía todo lo bueno del Toni2 y había recibido una singular herencia del local que ocupó: su clientela fija, que era ni más ni menos que un inusual número de asesinos a sueldo (aunque, todo sea dicho, tampoco hay un censo ni están agremiados). Nadie hubiera podido averiguar a qué se dedicaban a primera vista, porque parecían personas normales. Casi se los podía confundir con los muchos periodistas que se aficionaron al nuevo garito.

Más adelante averigüé muchas más cosas, como que en el rincón según entras a la izquierda es donde se ponían los asesinos a tomar algo y a esperar, y que cobraban en negro o por transferencia a una cuenta en el extranjero en cierto banco específico. La casualidad quiso que fuera el mismo banco en el que mi cliente tenía una cuenta especial, por si le pasaba algo. El pago en negro tenía el peligro de que te detuvieran en el momento de la entrega del dinero (aparte del tema de si había sospechas y tal). Por tanto, mejor por transferencia, aunque siempre había gente que se plantaba en el Palomo con un sobre muy gordo, se iba al baño y lo dejaba al profesional escondido para que lo cogiese.

El destino había puesto ante mí a este empresario para que me introdujese en el mundo del asesino a sueldo. Y lo hizo sin querer y por casualidad. Nunca le estaré lo suficientemente agradecido a ese señor. Incluso me dio pena cuando le detuvieron años después por formar parte de una de las tramas de corrupción más grandes de la costa levantina. Mi primer cliente me soltó todo lo que necesitaba saber del sitio y del oficio.

—Si te soy sincero, te he elegido porque eres guapo y creo que a mi hija le vas a gustar —confesó el millonario a la tercera copa.

Yo había empezado a reducir el ritmo al que me bebía los rones con Sprite: no quería perder detalle. Incluso dudé de si realmente me pedía que matase a alguien o que me acostase con su hija. Tenía que estar despierto para apuntar mentalmente todo lo que estaba viviendo. Mi existencia acaba de cambiar para siempre.

Mi encargo consistía en cargarme al novio de su hija en una boda, pero no en una boda cualquiera, sino en la de la parejita. No está mal para dar el salto al profesionalismo. Según la versión de mi cliente, el chico era un sinvergüenza que había seducido a «la tonta de mi hija para sacarle los cuartos». El millonario estaba convencido de que su futuro yerno se había enamorado de su cuenta bancaria y no de la niña. Hasta cierto punto al señor se le veía apenado por la coyuntura: sentía tristeza porque su hija no se había dado cuenta de lo desgraciado que era su prometido. Pero ya estábamos él y yo ahí para sacarle ese problema de encima.

—No hace falta que me diga más. Solo necesito una foto de él, la fecha del enlace y un número de teléfono para poder cerrar algunos detalles —pedí como si supiera realmente lo que decía.

—Te daré el de mi secretaria. Yo ya no quiero saber nada más del tema, solo espero que muera el día de la boda. Si parece un asesinato, mi hija pensará que es un ajuste de cuentas porque el chaval tiene muchas deudas con gente peligrosa.

Todo sea dicho, el viejo cabrón había hecho los deberes. Había contratado a un detective privado para tener el perfil completo del tío que aspiraba a convertirse en un nuevo miembro de la familia. Y, como sospechaba, el tipo era un jeta aprovechado.

—Muy bien. Más sencillo entonces. —Sonreí para transmitirle confianza en que el encargo saldría bien.

—Es que es un desgraciado que se pasa la vida en la cama, de fiesta o de putas. ¿Te puedes creer que me lo encontré en el Sensaciones de Alicante? —Me dio una palmada que casi me disloca el hombro para darle énfasis a la pregunta.

—¿El Sensaciones? —pregunté con una curiosidad legítima.

—Ay, perdona, que eres de Madrid, claro. El Sensaciones es un puticlub de Alicante donde celebro mis reuniones de trabajo. Resulta que el subnormal estaba allí y no tiene otra cosa que gritar mi nombre y decir: «¡Suegroooooooo!».

—No le faltan motivos para querer resolver este asunto de manera definitiva.

—Que conste en acta que yo voy al Sensaciones porque los concejales son gente que folla poco. Basta con invitarlos a tirar unos cohetes y dos semanas más tarde gano todos los concursos y las concesiones de la provincia.

—Yo no estoy aquí para juzgar y, además, le creo —mentí. Era un putero de manual.

—Solo quiero lo mejor para mi hija, y ese Yonatan no lo es —zanjó el empresario.

Diez días antes de tener que pagar los mil euros del viaje a Punta Cana, la boda de la hija de un constructor alicantino acaparó todos los telediarios y fue la comidilla de todas las tertulias. El novio, que no tardó en saberse que era un cocainómano que debía dinero a personas peligrosas, apareció muerto en un baño justo cuando en el convite se iba a servir una espuma de frambuesa sobre una ternera. Tenía un disparo en la cabeza.

Nadie escuchó nada. El barullo de ese tipo de celebraciones camufla el sonido ahogado de una pistola con silenciador. Sobre la tapa del váter, había dos rayas. En el proceso de establecer el perímetro para buscar pistas, la policía encontró el cadáver de un tuno en un contenedor de una obra cercana al lugar de la celebración. Tenía también un disparo en la cabeza. No había arma. Las autoridades intentaron relacionar las dos muertes, pero no había huellas. Solo dos balas y dos cuerpos.

No es por hacerme el chulo, pero tengo una puntería de cagarse. Y no me gusta la tuna, me pone de mala hostia. Es algo irracional, me pasa desde pequeño. Es ver un laúd y unas mallas negras y notar cómo mi odio se enciende hasta llegar a la misma temperatura que el infierno. Pierdo la compostura y la educación. Le dije que me acompañara fuera porque tenía unos ojos muy bonitos. El idiota se creía que había ligado. La pistola la tiré al agua en el puerto.

Mi profesionalización, que parecía fruto de un error, de una confusión en la barra del Palomo, era sin duda lo que el destino tenía previsto para mí.

X

*Madrid, madrugada del jueves 11
al viernes 12 de abril de 2019*

Valentino miraba al cielo sin luna y sin apenas nubes. De vez en cuando, de niño, fantaseaba con volar. Le gustaba pensar que en algún momento se inventaría algo para acariciar las nubes y que, siendo él quien era, se lo regalarían. Soñaba con aparecer planeando en el estadio y que toda la afición le venerara como a un dios. Ya casi lo hacían pero la teatralidad siempre ayudaba. Y él lo sabía y le gustaba. Imaginar la escena le proporcionaba paz y apagaba el ruido permanente de su cabeza. Ruidos, voces y explosiones.

Era jueves por la noche. Observando su inmenso jardín, iluminado como un campo de fútbol y con el mismo césped del Riviera, tan bien cortado, Valentino respiró hondo. Era el único lugar donde se sentía alejado del mundo, donde podía escapar de ser quien era. Aunque en el fondo le encantaba ser Valentino.

Su ambición fulminó la calma que sentía. Lo que le había desvelado y lo tenía en constante combustión era muy importante. Era su capilla Sixtina. Quería que su nombre resonara mucho tiempo después de haber muerto. La calle Valentino Ruigémez y el estadio Valentino Ruigémez le sabían a poquísimo, por eso lo del Retiro era clave.

Dejó de mirar su oasis y metió la mano en el bolsillo del batín. Sacó el móvil y buscó el número de Sergio. Un tono. Dos tonos. Resopla. Tres tonos. Se impacientó. Cuatro tonos. No le gustaba que le hicieran esperar. Cinco tonos.

Sergio, que ya estaba en el segundo gin-tonic, miró la pantalla del teléfono y se imaginó al presidente del Riviera poniéndose nervioso. Sonrió con maldad. Dudó si descolgar o dejarlo pasar por tocarle las pelotas.

«Me llama en menos de diez segundos».

La vibración cesó. Contó en voz alta con una sonrisa socarrona.

—Uno, dos, tres, cuatro...

Volvió a vibrar el móvil. «Es un fenómeno», pensó Sergio, que ya estaba al borde de la carcajada.

—Presidente, buenos días. Discúlpeme. Estoy en un bar y no lo he oído con el ruido.

—No pasa nada, querido Sergio —respondió Valentino en un falso tono conciliador.

—¿Qué sucede? —preguntó Sergio, a sabiendas de lo que venía.

—Estoy esperando respuesta al tema que te comenté.

—¿A lo del Retiro?

—Afirmativo.

—Transmití el mensaje a mis superiores.

—¿Y? —espetó Valentino, que ya era ansia viva.

—En un primer momento se sorprendieron mucho por lo ambicioso del tema —respondió Sergio, que sabía que tocaba dar jabón a Valentino.

—Pero... —El tono era de ansia viva x2.

—Pero terminaron diciendo que adelante...

—¿Y por qué no me has llamado de inmediato para decírmelo? —interrumpió Valentino, sin disimular el enfado.

—Y que habría que estudiar en profundidad y sin prisa los tiempos de una operación tan delicada —acabó de explicar Sergio, haciendo caso omiso de la pregunta airada de Valentino.

—Hay que ser discretos, sí —siseó Valentino, en un visible esfuerzo por mantener el tono conciliador.

—Siempre acertado, presidente. Los jefes quieren reunirse con usted. Déjeme que concrete una cita con ellos y le aviso.

—No te olvides, Sergio.

—En absoluto, presidente. Esto es prioritario. Mis jefes lo han puesto en el primer lugar de la lista —improvisó Sergio, que solo pretendía frenar la avalancha que se le venía encima.

—Es que me has tenido esperando desde el lunes y alguien como yo, con una idea tan importante, no puede estar así, como me has tenido —Valentino soltó sulfurado.

—No le entiendo, presidente —contestó Sergio haciéndose el loco y sonriendo.

—Quedamos en que me llamabas en cuanto supieras la decisión. Y no lo has hecho, te he tenido que llamar yo a ti. —El tono de Valentino seguía despegando.

—Lleva usted toda la razón. Mis disculpas más sinceras. Pero quiero que sepa que no le quise llamar sin tener una fecha concreta para su reunión y no importunarle más de lo necesario.

Silencio.

—Pero veo que el no querer molestarle le ha molestado. Reitero mis disculpas y le prometo que no volverá a pasar.

«Y el ganador al Oscar como mejor actor es para...», proclamó Sergio para sus adentros, mordiéndose los labios para contener la risa mientras escucha la respiración agitada al otro lado de la línea.

—Presidente, don Valentino, usted sabe tan bien como yo que una llamada inoportuna puede echar a perder un negocio, una comida o un momento delicado. Y si para colmo es una llamada a la que le faltan datos, según en qué circunstancias, puede alterarle más. De ahí que decidiera no hacerlo. Quería darle toda la información.

—Acepto tus disculpas, querido Sergio. —Otra vez el tono de falso conciliador.

—Muchas gracias.

—También te advierto, Sergio. Porque te aprecio. Menos mal que has contestado a mi llamada.

«Vamos, que viene la amenaza».

—Porque sabes que puedo joderte la vida. Y me da igual quién seas tú, tus jefes o tus protectores.

—Lo sé, don Valentino. —Sergio hizo un gran esfuerzo para disimular la pesadez que le suponía escuchar aquellas palabras.

—Te acuerdas del ministro Evelos, ¿no?

—Como para no recordarlo.

—Pues eso, Sergio, pues eso.

—Le agradezco la pacien…

Valentino cortó la llamada antes de que Sergio acabase la frase, repitiendo para sus adentros que ese chico no tenía ni idea de con quién estaba tratando.

Sergio se quedó mirando la pantalla del móvil.

—Este señor es imbécil —dijo en voz alta aunque estaba solo en la barra del Palomo.

XI

*Madrid, madrugada del jueves 11
al viernes 12 de abril de 2019*

Con la sonrisa por delante, XXX se abrió paso hasta el rincón de la barra donde le esperaba su cita en el Palomo. Se dieron un abrazo sincero. Llevaban sin verse casi dos semanas. Para ellos, una eternidad. Sin contar vacaciones y viajes de trabajo, si no se veían todas las semanas, se sentían extraños. Se habían acostumbrado a verse siempre, desde hacía veinte años. Normalmente de noche, de madrugada o amaneciendo.

—¿No te parece que hoy hay mucha gente? —preguntó Sergio.

—Ya sabes, estamos en temporada de congresos

y ha llegado la primavera. No descartemos que los putos instagramers lo hayan incluido en sus listas del «Madrid secreto» y se esté poniendo de moda de moda. Pero bueno, hoy hay ambiente, que tampoco está mal. ¿Quieres copazo? —XXX tenía ganas de liar a su amigo.

—Una nada más, que ya llevo dos.

XXX se quedó extrañado por lo serio que estaba Sergio, pero no le dio más importancia y se dirigió a la barra. Según volvió, Sergio sacó un cigarrillo y le hizo el gesto de salir a fumar. Podían hacerlo dentro porque en el Palomo se pasaban la normativa por el arco del triunfo, pero el ambiente estaba cargado y ni a XXX ni a Sergio les gusta pasar mucho calor.

En la calle no había nadie. Podían hablar tranquilamente de lo que quisieran porque la noche les protegía. Madrid, de madrugada, era de los sitios más discretos de todo el universo. Según en qué calles, el sonido solo lo protagonizaban las pisadas del que estuviera paseando por ahí y nada más: era un silencio especial. Las personas que trabajan de noche lo conocen: no es como el de una biblioteca o un cine justo antes de los créditos iniciales. No, es más profundo. Con matices. Resulta difícil de explicar. Pero es una experiencia interesante.

—¿Qué, tío, quién va a ganar la liga? —le vaciló XXX a Sergio, porque sabía que le molestaba la pregunta. Todo el mundo le hacía la misma pregunta.

La vida profesional de Sergio no tenía tanto relumbrón como la de XXX. Sin haber jugado al fútbol en su vida, era uno de los periodistas que mejor conocían el juego en toda la profesión. Decían que era el mejor analista del país. Pero, aparte de eso, manejaba un volumen colosal de información, estaba bien conectado y sus fuentes eran las más fiables. Lo mismo daba la primicia de un fichaje que analizaba por qué la manera de presionar de un equipo (aunque fuera de tercera regional) hace más daño que la otra. Un pozo de sabiduría que había recopilado desde pequeño, porque Sergio era muy listo y entendió rápido que jugar se le daba medio mal, así que decidió estudiarlo con una minuciosidad casi enfermiza.

A XXX nunca le había interesado el campo en el que se había especializado Sergio. Le gustaba el deporte, pero no lo que implicaba informar sobre él: las presiones de los entrenadores, de los representantes, de las marcas, de los propios jefes de tu medio... El deporte movía tanto dinero que no se podía contar la verdad, o desde luego no toda porque entonces el negocio se iría al garete. Además, hablar de asesinatos en televisión era más rentable, y los involucrados directos, es decir, los muertos, eran de quejarse poco. XXX no tenía que despachar con su jefa qué iba a decir: él salía, contaba casi toda la verdad y listo.

Sergio y XXX habían debatido y se habían peleado infinidad de veces por las diferencias entre sus perfiles profesionales, qué era mejor, por qué Sergio aguantaba las presiones de presidentes, jefes de prensa y demás calaña cuando podría trabajar en la sección que quisiera. También se enzarzaban en discusiones por cómo relataba XXX los sucesos: si era correcto ser tan cruel y directo, los límites entre el morbo y la información. Cuando salía el tema en la conversación, los dos sabían que los argumentos que esgrimían ambos se deberían escuchar en una clase de la facultad.

—No, no, nada de eso —respondió Sergio—. Cuéntame tú lo que te has guardado del caso del gordo de la discoteca, que Twitter está que arde con las especulaciones.

A Sergio le encantan los detalles de esas historias. Es una metralleta. Quiere saberlo todo.

5

Gemir con una bolsa de plástico en la cabeza es de las cosas más escandalosas del mundo. Y si además estás en el *office* cerrado y minúsculo de una discoteca, el sonido es tremendo. La respiración al borde de la asfixia, y del orgasmo, porque al plastificado en cuestión le están haciendo una mamada. Un trabajo fino. XXX sabe que está a punto de correrse porque siente en la boca la temperatura de la polla del gordo.

El gordo baboso es el dueño de la discoteca. Le huele el soldadito. Trata fatal a los miembros de su plantilla: soba a las camareras, maltrata a los de seguridad y paga tarde y mal, porque, aunque tiene muchísimo dinero, solo se lo gasta en farlopa y en coches. Y en sexo cuando no puede engañar a nadie para que se la chupe. Es un ser tan despreciable que no pasa la manutención de sus dos hijos. Lleva sin verlos cinco años. Solo le importa la pasta y follar. Da igual con quién.

XXX sabe todo esto y también sabe que el gordo de la bolsa de plástico es conocido en el mundo de la noche y de la farándula. De hecho, cuando muera, no tiene ninguna duda de que en su programa dirán de él: «Qué buen hombre era», «Siempre cuidó a los suyos», «La noche madrileña pierde a uno de sus embajadores más importantes».

Así hablarían si muriera en condiciones normales, pero la policía se lo va a encontrar en pelotas, con la lefa manchándole los pantalones y con una bolsa de plástico en la cabeza. Las cámaras de seguridad están desconectadas, porque, cuando te llevas a un periodista al cuarto de atrás para que te la chupe, no se dejan pruebas. Ahora solo queda esperar a que el gordo gima más fuerte. Chuparla nunca ha sido una de sus actuaciones preferidas. Aunque no se le da nada mal, no le termina de gustar. Prefiere comérselo bien a una chica. Pero, oye, si tiene que comer una polla por trabajo, pues mira, no pasa nada. Lo hace por justicia. Y por la fama. Y también por mantener su estatus. El ático de Ópera no se paga solo y él cobra por programa, así que necesita material para seguir siendo el periodista estrella de los sucesos y tener contenta a la jefa. Si encima elimina a un hijo de la gran puta, pues mejor. «Será mi buena obra del trimestre. Debería meterlo en el IVA».

Que la respiración se entrecorte más significa que el orgasmo está al caer. La lengua dará paso a la mano para que acabe el show. Para cuando el gordo entienda que no va a correrse en la boca del asesino, las manos de XXX ya estarán retorciéndole el cuello hasta que no pueda dar más y suene crac, como en las películas. Aunque partir un cuello requiere una destreza y una fuerza que el mundo del cine todavía no ha sabido (ni querido) mostrar.

Cargarse a un malnacido para sacar beneficio periodístico es inmoral. O no. XXX debate consigo mismo mientras sigue con la boca ocupada. Es un cabrón que merece morir. Matar no es fácil, pero ser periodista tampoco. Son oficios complejos y llenos de mercenarios, así que bienvenido sea unir ambos mundos.

La mamada se interrumpe. El que estaba abajo ya no lo está. El gordo no sabe qué ha pasado y gira el cuello. La bolsa se le adhiere más a la boca, que la succiona. La cabeza impacta en el pico de la mesa. Es un golpe seco y ahogado por el plástico y por la reverberación en el silencio del reducido espacio del *office*. Los pantalones bajados y el semen manchándolo todo. El gordo se ha corrido después del crac.

Cuando alguien yace a tus pies, doblegado y sometido por tu voluntad, el cerebro hace una pormenorizada fotografía mental. No por morbo ni por un rollo fetichista. Qué va. Cuando conviertes el asesinato en un trabajo, esa foto sirve para no dejar pruebas. Hay que ser profesional. Cuanto más rápido analices, menos tardas en salir de allí y menos posibilidades hay de que te pillen. El tiempo mientras felaba también le ha servido para adelantar deberes. Según ha entrado en el *office*, tenía claro que quería al futuro muerto apoyándose en la mesa pero sin sentarse: tiene que parecer una paja que sale mal. Se asfixia mientras se corre, le da un vahído, se da contra la mesa y se parte el cuello. Bodegón final: el gordo en el suelo con los pantalones manchados.

XXX tiene en la mano el condón con el que le había hecho la mamada y que le ha quitado de la polla antes de enderezarse. El «Te la chupo pero con goma» no había sido problema para el futuro fallecido, que solo quería follarse una boca esta noche y si encima era la del guapo del programa de las mañanas, el que lo sabe todo de los crímenes, pues una muesca más en el revólver.

La foto está hecha y no necesita repasar más. No le van a pillar, ha sido un trabajo limpio. Busca la salida, no la principal, por supuesto, la de atrás, la de emergencia que no suena porque el gordo era cutre hasta para poner las alarmas. Todo está en silencio, solo le llegan las vibraciones lejanas de la música de la sala. Abre y sale tranquilamente. En la calle no hay nadie y el que ha muerto era un despreciable. No siente ni el más remoto cargo de conciencia.

Solo le quedan dos cosas por hacer: meterse un chicle en la boca y programar el envío del mensaje al editor del programa; seguro que para entonces ya lo habría encontrado algún camarero o empleado de la limpieza durante su descanso.

Ha aparecido muerto Juan Calvo Minino en su discoteca 🏢

Parece ser que se estaba haciendo una paja especial en el despacho 👀

Llevaba una bolsa de plástico en la cabeza porque era muy fan de David Carradine 😉

Recogedme a las 8.30

XII

*Madrid, madrugada del jueves 11
al viernes 12 de abril de 2019*

—¿Y cómo se lo encontraron? ¿Qué le pasó? ¿Era muy asqueroso? El tipo tenía pinta de ser lamentable —comentó Sergio.

—Lo conté en la tele y el resto de los medios luego se hicieron eco de la exclusiva. Igual deberías ver el programa, al menos mi sección —replicó XXX.

—A esas horas o estoy durmiendo o en un café de trabajo. Me gusta más que me lo cuentes tú.

—Pues fue algo bastante inusual porque el tipo se estaba haciendo un Carradine. ¿Te acuerdas de la autoasfixia del de *Kung fu*? Una paja fantasía, pero a este se le fue la mano. Golpe en la cabeza, cuello roto y hasta luego.

—Qué muerte más tonta, de verdad. ¿Merecida? Sí, porque era un mierda. Quiso chantajear al Halcón cuando jugaba en el Riviera con unas fotos con una supuesta menor. Luego se descubrió que ni era menor ni nada. El tío merecía acabar mal.

—Pues sí. ¿Vamos para dentro? —XXX se había terminado el segundo cigarrillo y no quería hacer *hat-trick* de nicotina.

El Palomo seguía hasta arriba. Ahora casi todo el garito cantaba a pleno pulmón «Como un burro amarrado en la puerta del baile», de El Último de la Fila. Era tremendo. Los turistas de esa noche iban a dejar una caja espectacular. Ni Sergio ni XXX se habían atrevido a preguntar a los camareros a cuánto podía ascender la pasta que ganaban en una noche como esa. Tenían confianza con ellos, pero la discreción prevaleció siempre. No era de buena educación preguntar por el dinero.

Una noche hicieron un cálculo rápido y a lo bruto de lo que podían sacarse solo en propinas en una noche de esas. Siendo seis camareros y con el local lleno, con el alcohol aflojando las carteras, pues fácil cien euros por barba solo por sonreír tras el «Esto para ti, majete». Eso más el sueldo (que no debía de ser muy elevado, pero tampoco el de una cadena de comida rápida). Al Palomo solo iban los acabados y los despojos con dinero, y lo de dejar propina era una ley no escrita. Que lo del gesto a los camareros era algo universal pero opcional en todos los sitios salvo en el Palomo. Allí había que dejar el dinero sí o sí. A los que acudían por primera vez se les hacía saber la norma de una manera u otra.

XXX ya venía enseñado del Toni2, y Sergio supo de la consabida ley porque a él le llevó un compañero veterano cuando estaba haciendo sus primeras prácticas. Sergio no salía tanto como XXX, pero así se iba transfiriendo la información: de mayores a jóvenes, como siempre ha sido.

Cuando alcanzaron la barra, gracias a que usaron los codos para abrirse hueco, pidieron una copa. Según traían los vasos, Sergio ya tenía el billete entre los dedos para pagar. A XXX le sorprendió el gesto de Sergio: no solía pagar las copas de los dos. Era más del «cada uno lo suyo» porque argumentaba que los cuerpos y los metabolismos eran distintos y que XXX bebía más que él. Además, Sergio venía a proponerle un trabajo y había que hablar seriamente.

—Por cierto, parece que te has olvidado de que tenía una propuesta imposible de rechazar.

—¿De trabajo? No me digas que el presidente del Riviera va a morir en extrañas circunstancias —dijo XXX con sorna y sin perdonar su furor antirrivierista.

—De momento goza de buena salud, pero creo que lo que te voy a proponer te va a interesar.

—Joder, tío, me tienes intrigado. Te aviso de que ya estoy un poco mamado porque el *afterwork* se ha complicado —advirtió con una sonrisa XXX.

—A ver, XXX… ¿Cómo te lo explico? No quiero asustarte.

—Joder, pues lo estás consiguiendo. —XXX, como Sergio, odiaba ese tipo expresiones. Esa y «No quiero robarte mucho tiempo».

—Es algo que debería haberlo hablado contigo en el momento en que me di cuenta. Pero nunca tuve el valor de hacerlo. A mí, que sepas que me da bastante igual. De hecho, no me sorprendió…

—Oye, Sergio, lo de la cocaína lo tengo controlado. De hecho, cada vez tomo menos —zanjó XXX asumiendo que era una verdad a medias.

—No, no es eso. Es sobre lo otro que haces. O eres. —Sergio miró al frente.

—Hostias, ¿el qué? ¿Lo de ser bisexual? —XXX empezaba a ponerse nervioso porque el tema de sus intereses sexuales no había sido nunca un problema y ya lo habían hablado sin tapujos otras veces. Para eso Sergio era igual de abierto de mente que XXX.

—Es lo de tu trabajo. No el de la tele. El otro —susurró Sergio.

XXX intentó disimular como pudo el nerviosismo por lo que acababa de escuchar. Se quedó helado. En su cabeza volaban a mil kilómetros por hora dos preguntas: «¿Sabe que soy un asesino?» y «¿Cómo cojones lo sabe?». A la vez, trataba de pensar en las consecuencias, pero estaba tan alterado que valoró si debía cargárselo, pero lo descartó inmediatamente. Era Sergio, su amigo del alma. XXX no dejaba de repetirse que siempre había sido discreto y eficaz en lo suyo y su coartada no tenía fisuras. Tan convencido estaba de que era así que se dijo que probablemente Sergio se refería a otra cosa. No podía ser que le hubiera descubierto.

—Lo de cargarte a gente —zanjó Sergio y frenó en seco los pensamientos de su amigo. Fuera dudas.

Efectivamente, Sergio lo sabía. Por una vez en la vida, XXX no supo qué decir ni qué hacer. Estaba en shock. Y avergonzado al mismo tiempo. Puede que fuera la primera vez que XXX se notaba así por su trabajo de liquidar vidas humanas. Hasta ese instante se había sentido orgulloso y feliz de hacer el bien a su manera.

Los dos bebieron al mismo tiempo. Alguien cantaba «Mi agüita amarilla». El tipo que cantaba se parecía bastante a Pablo Carbonell. XXX no se dio cuenta a pesar de lo mucho que le gustaba lo de sacar parecidos, porque no estaba para esas cosas. No había abierto la boca desde que Sergio dijo aquello.

«Lo de cargarte a gente» retumbaba en su cabeza. Habían pasado dos canciones y sus respectivos personajes por el piano y ninguno de los dos hablaba. Uno porque era consciente de la bomba que acababa de soltar y el otro porque no entendía cómo había podido suceder. Desde fuera, cualquiera hubiera pensado que era una pareja que estaba enfadada o dos extraños que se habían sentado demasiado cerca.

XXX estaba tratando de tranquilizarse para poder explicarle todo a su amigo, pero el Palomo daba vueltas, giraba muy rápido. Le palpitaban las sienes, se puso muy tenso, apretó los puños y, justo en el instante en el que reunió el valor para abrir la boca, se dio cuenta de que Sergio estaba sonriendo.

—Tranquilo, tío. De verdad —dijo Sergio. Sus

palabras transmitían una sinceridad a prueba de balas. Y calma. Como si el hecho de que su mejor amigo se dedicase a quitar la vida a extraños por dinero (o afición) no le creara ningún problema de conciencia. Pero claro, ese sosiego descolocaba más si cabe a XXX. Nadie reacciona como un témpano de hielo cuando la muerte está cerca de ti. O alguien que la proporciona.

—En serio, no te preocupes —dijo Sergio con los ojos puestos en XXX, que solo podía mirar al frente desconcertado.

—Pero... —balbuceó XXX, que gracias al tono de Sergio empezaba a sentir que el peligro de haber sido descubierto se alejaba.

—Mira, quédate con que lo sé y que, cuando me lo contaron, no me sorprendió. Sabía que eras un justiciero a tu manera... —Sergio le puso la mano sobre el hombro para reforzar el mensaje.

—Estoy avergonzado. Quiero que sepas que soy una persona normal. Y que a los que quiero no me los cargo. Solo lo hago por trabajo. Bueno, y por gusto a veces también. Pero por trabajo la mayoría —XXX estaba muy nervioso.

Sergio miraba a su amigo como un padre puede mirar a su hijo cuando le han pillado en una travesura sin importancia. En sus ojos había comprensión y alivio, porque Sergio sabía este secreto desde hacía tiempo.

—Lo descubrí hace meses. Me lo dijo alguien para el que trabajo. Ya te explicaré más adelante. Salió tu nombre en un contexto que yo no me esperaba. Aunque, tras el flash inicial, lo entendí todo. Y quiero que sepas que sonreí.

—¿De verdad?

—Pues sí, tío. Que te cargues a gente por dinero y luego hables de ello en la televisión me parece una jugada maestra. Ganas el doble por el mismo curro.

—Bueno, sí, claro.

—Y encima, corrígeme si me equivoco, pero tus víctimas son gente despreciable, ¿no?

—Sí.

—Pues entonces ¿qué problema hay, XXX? Me parece que estás haciendo una montaña de todo esto.

—Joder, que estoy haciendo una montaña, dice. ¿Cómo no lo va a ser? ¿Vas a delatarme? Si lo haces, te tengo que matar. ¿Vas a chantajearme? ¿Se lo vas a decir a mis padres? Sin contar el hecho de que te he mentido desde hace años…

—¿Vas a matarme? No me jodas. Que estoy yo

bien aquí tomándome el copazo, tío. Además, ya que estamos de revelaciones, yo también te he mentido durante años, así que estamos en paz.

—Respóndeme, por favor. ¿Qué piensas hacer? —XXX se está poniendo en modo inquisidor agresivo mientras que su amigo estaba al borde de la risa.

—Pero ¿tú eres gilipollas? Para que te quedes tranquilo: claro que no te voy a delatar ni voy a chantajearte. Es más, me gusta que hagas esas cosas, por aquello de la justicia pura y tal. Aunque, no te voy a engañar, me viene de perlas que aceptes encargos —dijo Sergio con una sonrisa irónica y volvió a beber.

—¿Tú quieres hacerme un encargo? —preguntó XXX.

—Sí, uno muy especial.

—¿Me puedes explicar qué quiere decir que llevamos años mintiéndonos? —espetó XXX, frustrado.

—Ahora no, mañana te llamo y quedamos. Me voy a casa a dormir. No te preocupes, anda.

Sergio se despidió con un guiño y una palmada cariñosa en la espalda. XXX seguía petrificado. Escuchó la despedida de Sergio como quien está debajo del agua. El Palomo había alcanzado su punto álgido y tampoco le llegaba ruido. Nada. Todo era un sonido ahogado. Pasaron muchos minutos hasta que pudo reunir el valor de ponerse de pie. Temía caerse al suelo del shock. Seguía sin entender lo que había sucedido.

XXX se despidió del camarero sin esperar respuesta, giró hacia la puerta y chocó con una mujer que se dirigía a la salida también. Debió de pedirle perdón porque ella le sonrió. En otras circunstancias, probablemente hubiera entablado conversación, pero no era la noche; necesitaba salir a la calle y estar solo, que le diera el aire de la madrugada. El paseo iba a ser largo. Aclararse y analizar lo que había pasado.

«Calma, joder, Sergio me ha dicho que me quede tranquilo».

XXX se fiaba más de él que de su familia, pero también le había engañado con su silencio. Si sabía su secreto desde hacía tiempo, ¿por qué no se lo había dicho antes? ¿Y qué coño era eso de que llevaba años mintiéndole? La cabeza seguía yendo a mil. No eran nervios; bueno, sí, y algo más elevado, que no era capaz de definir. No era justo tampoco reprender a Sergio por tener secretos, ¿no? XXX estaba hecho un lío.

XIII

Madrid, madrugada del viernes 12 de abril de 2019

Sergio sacó las llaves y abrió. La conversación con XXX había ido bien. Todo lo bien que se suponía que podía ir. Había dejado a su amigo en estado de shock, pero se recuperaría. Sonrió en la oscuridad recordando el momento, la cara de desconcierto. Por una vez lo había pillado. El ensimismamiento hizo que no reparara en una figura que estaba sentada en el sofá.

—¿Cómo ha ido? —retumbó una voz grave en el apartamento vacío en cuanto su dueño puso un pie en el salón.

Un grito corto y sincero salió de la boca de Sergio.

—Joder, qué susto. No hacía falta...

La figura del sofá no contestó.

—Ha ido bien. Lo hará —dijo Sergio recomponiéndose—. Tengo que darle más detalles, pero lo hará.

—Dábamos por hecho que aceptaría. No sería propio de ti no conseguir algo, ¿no?

Sergio escuchaba atento y digería esas últimas palabras como una amenaza. Respondió como si lo fueran.

—No os he fallado nunca. No voy a empezar ahora.

—Eso esperamos.

El salón seguía a oscuras, pero la figura ya no estaba inmóvil. Sergio se apartó de su camino.

—No queremos errores. Mantennos informados.

Eso sonaba también a lo mismo, a amenaza. Educada pero amenaza a fin de cuentas.

—Como siempre, claro.

La puerta de la calle quedó abierta. Sergio tuvo que cerrarla.

—Menudo gilipollas...

Todavía alterado, se encaminó al balcón para fumar. No podía dejar de pensar en el paralelismo de la visita de esa noche y la que había dado comienzo a todo.

En verano, cuando la temporada de fútbol acababa, Sergio, que trabaja y estudiaba, salía disparado al sur. No se iba buscando una desconexión sino precisamente lo contrario: estrechar aún más los lazos con determinadas personas. Desde que había terminado la carrera, Sergio compaginaba la información deportiva con su trabajo de relaciones públicas/conseguidor/comisionista, que había surgido casi de forma espontánea porque caía bien a todo el mundo y sabía guardar secretos, sus contactos eran una mina y no dejaban de multiplicarse. Empezó, como todos los que se mueven en esos ambientes, con los futbolistas, dueños de discotecas y demás fauna nocturna imaginable. Cuando tuvo dominado ese universo, saltó al de los artistas, actores, actrices, directores, fotógrafos... En general, gente con más luces y entregados a la buena vida. Luego, viendo que esos microcosmos se le quedaban pequeños, dio el salto al parquet de la Bolsa y a los despachos con techos altos y grandes ventanales en los pisos altos de las torres de oficinas. Porque, al final, casi todo el mundo buscaba y quería lo mismo: salir, cenar, beber, follar y, en algunos casos, drogarse. Sí, drogarse. Porque era más accesible de lo que parecía y mucha más gente de la que casi nadie creería se drogaba. No tanto como decían en la tele pero casi.

Gracias a sus redes, tenía una lista de contactos tan extensa y expandida que Sergio estaba invitado al preestreno de cualquier gran película o podía conseguir entradas en tribuna para el partido de fútbol más importante del año. Presentaba constantemente a personas que podían hacer negocios o que tenían necesidades cuya respuesta estaba en manos del conocido que Sergio les ponía delante. Vivía entre la noche y el día. Conoció a todos los que había que conocer cuando el sol estaba en lo alto y se hizo íntimo de todos los que quedaban cuando la única luz que había era la de las discotecas. Siempre ofrecía su ayuda en cualquier tema e infaliblemente sabía de la persona adecuada para solucionar lo que fuera. Un señor Lobo.

Una vez, XXX necesitaba acceder a un juez para entrevistarlo por un sonado caso de corrupción. Sergio le propuso que, cuando el magistrado saliese a cenar a su restaurante favorito, él se sentara en la mesa de al lado, y entonces podría abordarlo con naturalidad y cerrar una entrevista. Así de fácil y de complicado al mismo tiempo: Sergio era el mejor para urdir soluciones ingeniosas y las regaba de sus conocimientos wikipédicos sobre casi cualquier cosa. XXX se quedó asombrado porque montó todo con dos llamadas en menos de cinco minutos. Sergio apenas pestañeó.

En realidad, aquello era un juego de niños para él simplemente porque ya tenía las conexiones. Sergio sabía en qué restaurante cena la mitad de la judicatura conservadora madrileña. El jefe de sala del restaurante sabía quién tenía reserva y cuándo. El jefe de sala y Sergio se conocían de cierta discoteca. Sergio también conocía al juez porque tenía gustos que requerían de la intervención de Sergio, porque Sergio «siempre conocía a alguien». Sin embargo, lo más inteligente era usar siempre el nexo más sencillo y que menos deuda de gratitud le creara, generar la situación más relajada y natural que garantizase los mejores resultados y el menor número de fracasos. Y así, usando su inmensa red de contactos, haciendo y devolviendo favores, Sergio tenía mano en toda la ciudad, y también en las ciudades más importantes del país. A base de viajes y de conocer gente, de preguntar y moverse en los círculos adecuados, Sergio podía saber quién había cenado con quién en Ibiza mientras sus parejas estaban en Madrid durmiendo en su casa. Y no manejaba solo información del corazón o de deportes. Conocía a todo el mundo, y cuando el mundo se iba de vacaciones, había que estar donde estaba todo el mundo para no perder contacto con todo el mundo. Era enrevesadamente sencillo.

¿Cuáles eran las razones por las que Sergio quería estar en medio de todo? Una vieja aspiración, un sueño de la infancia, cultivado desde la inocencia: no quería ser la estrella de un programa ni ganar premios, no ansiaba la fama ni nada por el estilo; lo que Sergio anhelaba era poder. Ser la persona que movía los hilos, dejar de ser un mindundi. Porque, aunque gozara de cierta independencia, Sergio sabía que siempre existe alguien por encima de ti que puede tirarte al suelo los planes.

La manera más eficaz para alcanzar la cima era estar siempre en el sitio adecuado y esperar que hubiera suerte, de la buena. Sin embargo, Sergio la tuvo, pero de la mala.

Marbella, agosto de 2010. España seguía celebrando la victoria en el mundial de fútbol. Ese verano estaba permitido salir por la noche con la camiseta de la selección; si era con el 8 de Iniesta, mejor. Hacía casi el mismo calor que durante el día, pero a la orilla del mar se vivía distinto. Sergio notaba el agua en los pies mientras hablaba con el futuro heredero de una de las empresas más valiosas de Europa. Conversaban de la vida, de lo lleno que estaba Marbella ese año, de lo guapa que era la chica que había guiñado el ojo al millonario y de si Sergio la conocía.

Por supuesto que la conocía. Prometió presentársela cuando volvieran al garito y el heredero, emocionado, abrazó a Sergio. El alcohol ayuda a forjar amistades y afloja la lengua. Sergio tomaba lo justo para aparentar: no era abstemio ni pretendía serlo, solo elegía hacer ver que bebía para estar siempre atento a todo y a todos en busca de una oportunidad. Y la oportunidad se presentó en esa orilla.

El heredero le comentó la posibilidad de llevar a cabo una operación bursátil con la que, si invertía lo suficiente, podría ganar lo necesario para dejar de ser periodista deportivo, dejar esa vida para ascender.

«Luego, podríamos montar algo juntos. Con tus contactos, los míos y un poco de dinero, seguro que nos sale bien».

Sergio se ponía a sí mismo ejemplos de ciertas personas que jugaron bien sus cartas y pasaron, como pretendía él, de ser buenos relaciones públicas/conseguidores/comisionistas a ser millonarios. Lo que Sergio fue incapaz de calibrar en aquel momento es que esa operación no se iba a producir nunca. Bueno, sí se produjo, pero con unos resultados imprevistos y unos tiempos equivocados. El chivatazo aconsejaba la compra de acciones a la baja en un periodo determinado. Luego, se anunciarían una serie de decisiones empresariales que harían que esas acciones recién adquiridas valieran muchísimo más. Básicamente, lo que Sergio tenía entre manos era información privilegiada que podía usar en beneficio propio. Un delito bastante grave. Sergio no midió las consecuencias en caso de que algo saliera mal. Era su momento y no iba a dejar escapar esa oportunidad única. Ese sábado por la noche, de fiesta en el exclusivo chiringuito de playa, decidió que pediría un millón de euros a un selecto grupo de personas; Sergio ya estaba en esa liga, conocía a la clase de gente a la que podía solicitar cantidades de seis cifras. Un banco jamás le habría concedido un préstamo de esa envergadura, y menos aún en ese plazo de tiempo. La avaricia pudo con el siempre frío y en su sitio Sergio. La misma noche que el heredero le dio el chivatazo, cuando ya despuntaba el alba, Sergio abandonó Marbella y volvió a Madrid, no sin antes presentarle la chica a su informador.

Eran las nueve de la mañana del domingo cuando

llegó a una cafetería que estaba abriendo. En pleno centro de Madrid, en agosto, no tuvo problema para aparcar en la puerta. No necesitaba pedir permiso para ir al *office* que estaba en la parte de atrás del local. Había estado allí varias veces jugando a las cartas con su dueño, Yuri Sokolov. Se sorprendió al verle aparecer vestido de fiesta ibicenca a esas horas. O no tanto, en realidad. En el Nasdrovia pasaban cosas locas todos los días.

—Un millón al veinte por ciento de interés, querido Sergio —le dijo un poco sorprendido el empresario ruso—, es mucho dinero.

—Lo sé.

—Te lo digo porque te tengo aprecio y porque me sorprende que vengas con una petición así. No es propio de ti.

Sergio le miró a los ojos entendiendo la escena.

—Si no me lo devuelves en menos de una semana, vas a tener problemas. —Yuri endureció el tono en esa segunda advertencia.

Sergio estaba tan cegado por la ambición, por lo cerca que veía la materialización de sus anhelos, que no procesaba las amenazas.

—Lo sé, pero por eso te lo pido, Yuri, porque no voy a fallar.

—Bueno, bueno, tú sabrás, Sergio. No eres el primer niño bonito de la farándula que desaparece en Madrid.

—Lo sé —ratificó Sergio por tercera vez. Los nervios no le dejaban decir otra cosa.

Quizá, al repetir esa respuesta, Sergio, con todo lo listo que se consideraba, debió darse cuenta de que era un grave error. Pero la cima estaba tan cerca. Era una jugada tan fácil.

Al día siguiente, Sergio compró un millón de euros en acciones de la compañía en cuestión. Lo hizo a través de dos empresas pantalla que le había recomendado el propio heredero. En menos de tres días, esas acciones valdrían veinte veces su valor. Sergio, confiado, se quedó en el Madrid desierto de mediados de agosto a esperar el mejor día de su vida.

Transcurrido el plazo y un par de días más, cuando las acciones no subieron, Sergio supo que tenía un problema. La Bolsa cerraba los viernes, nada se iba a mover.

A las 17.40 le sonó el móvil. Era el heredero.

—Sergio, amigo, lo que hablamos.

—Dime.

—Al final, no va a pasar. Mi padre se ha echado atrás.

—No me jodas.

—Sí, lo siento mucho.

—Me he endeudado con gente no muy agradable. Les pedí una cantidad de dinero que no he visto en mi vida.

—De verdad que lo siento.

—¿Lo sientes? —Sergio estaba a punto de perder el control.

—No te puedo ayudar. De verdad…

La llamada se cortó.

Sergio se quedó con el teléfono móvil en la mano y con cara de tonto. Un heredero borracho le había empujado a cometer una estafa de un millón de euros y ahora debía una montaña de dinero a un ruso que no se caracterizaba precisamente por su benevolencia ni por su empatía.

—¡¡ME CAGO EN TU PUTA MADREEEEEEEE!! ¡CABRÓOON, ME HAS JODIDO LA VIDA! —Sergio le gritaba a la pared.

«¿Y qué cojones hago yo ahora?», pensó mientras escuchaba su corazón latir más rápido que nunca. «Nadie puede ayudarme. Estoy solo».

Llamó a XXX. Sabía que estaba en la ciudad y necesitaba beber. Sería la última salida con su amigo. Ni siquiera contempló la opción de escapar: la gente a la que había pedido el dinero era de la que te encontraba, daba igual donde te escondieras.

Había muchas posibilidades de que el domingo por la mañana, cuando concluyera el plazo concedido por el ruso, un grupo de matones abriera la puerta de su casa, le diera una paliza, le metiera en un coche y hasta luego Sergio. Lo tenía claro. Por ello, su último fin de semana en la tierra iba a ser legendario. Y vaya si lo fue. Empezaron con la cena del viernes y siguieron hasta las siete de la mañana del domingo. XXX acompañó a su amigo hasta su casa, se fundieron en un largo abrazo y a Sergio se le escapó una lágrima.

—Vaya pedo llevas, hijo. ¿Quieres que suba a arroparte?

Sergio se rio.

—Ya sabes que me pongo sentimental cuando descontrolo tanto.

—¡Ja, ja, ja! Sí, este fin de semana lo has dado todo. Ha molado mucho. Hablamos luego. Si quieres, puedes venir a agonizar a mi casa.

—Gracias, lo tendré en cuenta.

—Tú, yo y mi aire acondicionado, no sé qué tienes que pensar —le intentó tentar XXX.

—Es una buena oferta. Te aviso con lo que sea.

—Tómate un ibuprofeno antes de dormir.

—Gracias, XXX.

—Gracias a ti, artista.

Otro abrazo. Este más casto.

Sergio resopló al entrar en su casa. Aparentemente no había nadie. Se tomó la pastilla que había en el recibidor. Tenía ibuprofeno en el cajón de la mesita donde dejaba las llaves, porque había que ponerse las cosas fáciles cuando llegabas perjudicado. Andaba por el pasillo como si fuera el corredor de la muerte. La casa, silenciosa. Al fondo, vislumbraba su cama, un sueño del que quizá no despertarse más. Si los matones querían acabar rápido el trabajo, ni lo despertarían.

Sin embargo, lo que Sergio se encontró no tenía nada que ver con sus maquinaciones. Entró en la habitación y retrocedió al ver dos cuerpos sobre el colchón. Uno tenía frente reventada por una bala y el otro, un corte de lado a lado en el cuello. Dos muertos y las sábanas echadas a perder por la sangre. Sergio trataba de concentrarse ante la escena. No podía creérselo. Respiró hondo, pero el olor a muerte le empujó a vomitar.

Mientras veía caer la papa al suelo, intentó comprender lo sucedido. ¿Qué cojones había pasado?

¿Quién le había salvado? ¿Debía llamar a la policía? Las preguntas volaban y se acumulaban en su cabeza. Echó todo lo que tenía dentro. Cuando se incorporó, salió rápido de la habitación para lavarse la cara y beber agua. Al salir de la estancia, vio una figura al final del pasillo. Sergio se chocó con la pared del susto.

—¡¿Quién eres?! —gritó Sergio.

—Es muy temprano para chillar —respondió con calma la figura que estaba junto a la puerta.

—Me da igual quién seas. ¡Llama a la policía! Hay dos personas muertas en mi habitación.

—¿Para qué? ¿Para que te acusen de asesinato y te metan veinte años en la cárcel?

Sergio no entendía nada.

—Sí, los has matado tú, querido. O por lo menos la pistola que hay a los pies de la cama tiene tus huellas. Y el cuchillo con el que rajaste el cuello al otro, también.

Sergio no reaccionó.

—Sí, los has matado tú. Como oyes. Pero puedo ayudarte. Lávate la cara y ahora hablamos. He traído café y churros.

Era verdad. Aitor Engolado no había ido a su casa con las manos vacías. Traía un desayuno de los de toda la vida y una propuesta que le cambiaría la existencia; quizá no como él anhelaba, pero para mejor de lo que le esperaba si no aceptaba.

En septiembre de 2010, Sergio dejó la colaboración fija en *Gol* gracias a la que había viajado por toda Europa desde los veintiún años y que le había abierto las puertas de los círculos de poder que le permitieron convertirse en relaciones públicas/conseguidor/comisionista. Ahora era *freelance* y trabajaba para unos clientes independientes en exclusiva. Eso les dijo a sus padres y a XXX. Todo cierto, pero no toda la verdad. Solo les había contado un veinte por ciento de la historia. A su amigo le contaría el ochenta restante años después, en una cena, mientras le proponía un trabajo muy especial. A sus padres nunca les dijo que la avaricia hizo que su prometedor futuro en las altas esferas saltase por los aires. Tampoco les diría que trabajaba para un círculo de personas muy poderosas e influyentes. Iba a ser su enlace con el mundo y una especie de ejecutor de ciertas órdenes. Sergio conocía a todo el mundo, sabía cosas de todo el mundo, se movía muy bien entre todo el mundo, y eso era muy útil para sus nuevos jefes. El Nasdrovia cerró y nunca más se supo. Nadie tiene la verdad sobre lo que pasó con su propietario. El último servicio que hizo Sergio para el periodismo fue destapar una trama de estafa bursátil de cierto heredero y su padre; no era su campo habitual, pero nadie hubiera perdonado un tema tan bueno como aquel. Ambos acabaron en la cárcel, con todos sus bienes embargados y teniendo que volver a empezar sin nada. El padre terminó suicidándose en la celda y el hijo en *Gran Hermano*, cobrando en cocaína y muriendo de sobredosis cinco años después de salir de la cárcel. La justicia, la prensa y la televisión les arrebataron su fortuna. La empresa de la operación que fulminó los sueños de Sergio quebró. Y todo aquello pasó porque Sergio «siempre conocía a alguien».

Sergio se fue a la cama preguntándose si esa nueva visita de Aitor, que nunca había vuelto a su casa desde el día que lo conoció, sería tan transcendental como la primera, a pesar de que desde entonces él se había convertido en el hombre de confianza de los Jefes y Aitor en un paria.

XIV

Madrid, madrugada del viernes 12 de abril de 2019

El palacio Real estaba iluminado, pero la luz del alba ni amagaba con salir. La estampa era de las que le gustaban. La calle desierta y todo en silencio. Se quedó mirando aquello dos minutos intentando aclararse. Estaba a un minuto del portal de su casa, pero decidió bajar hacia Príncipe Pío. Sin embargo, encontró un banco frente a los jardines de Sabatini antes de iniciar la ruta desde donde se veía el horizonte y corría una ligera brisa. No iba a haber paseo. Se quedaría ahí hasta que fuera de día o se fumara todo lo que tenía encima. O hasta que se marease, como le sucedía cuando fumaba mucho y seguido, cuando la cabeza se le embotaba y acababa por dolerle bastante. Tenía cigarrillos suficientes para cualquiera de las dos cosas. Miraba a lo que pensaba que era el horizonte, porque el negro de la madrugada no le dejaba intuirlo. El silencio apenas se rompía por algún coche que pasaba acelerando de más. El ruido estaba dentro de su cabeza.

Intentó poner la mente en blanco, reiniciarse, pero no fue capaz. Se puso los AirPods y seleccionó la lista de bandas sonoras. Había descubierto que, en ciertas situaciones, ese tipo de música le ayudaba a concentrarse y, al mismo tiempo, le relajaba. Sonó «S.T.A.Y.» de Hans Zimmer, de la película *Interstellar*. Volvió a fijarse en lo que le rodeaba: el palacio Real a su izquierda, los jardines de Sabatini bajo sus pies y la oscuridad de frente.

Las primeras notas le sonaron ahogadas, como cuando salió del Palomo. Rápidamente, la secuencia de sonidos repetidos del inicio de la canción (XXX piensa que Zimmer homenajeaba a John Williams en *Encuentros en la tercera fase*) desatascaron poco a poco el tapón mental. Entonces las notas subieron una escala. Sonaron más fuertes. Más claras. Los sonidos eran los mismos pero más altos. Mismo tempo. Entró en una especie de trance. O eso creía él. Se iban sumando otros instrumentos, pero siempre sonaba la misma melodía. Unas veces más alta, otras más grave. Entró el piano y XXX empezó a pensar con claridad. Se estaba calmando. Ya no sentía el concierto de latidos en las sienes. Dio una calada al cigarrillo y vio cómo se desvanecía el humo al salir de su boca.

La brisa era fría y le ayudaba a relajar la tensión en el rostro. Las preguntas ya no se sucedían tan rápido en su cabeza, y aunque la canción solo duraba siete minutos, a XXX le habían parecido noventa. Cuando salió de esa especie de catarsis musical, se dio cuenta de que seguía siendo de noche; de hecho, todavía era plena madrugada. Continuaba sosteniendo el cigarrillo consumido en la mano derecha.

Sabía que Sergio nunca le delataría. Si no había hablado con él antes era porque no se había atrevido. Era un tema demasiado incómodo para abordarlo como si fuera algo trivial. Sintió un agradecimiento sincero por el proceder de su amigo. Había veces que XXX pensaba que lo suyo era normal y que todo el mundo debería cargarse a gente en algún momento de la vida, que debería normalizarse el quitar la vida a alguien. Pero ni era normal ni lógico, por mucho que él lo tuviera tan interiorizado. Sergio no tenía culpa de su vocación.

«No me va a delatar nunca», pensó con fuerza XXX. Era una certeza.

Le rondaban muchas más preguntas, pero ya no estaba nervioso ni preocupado por qué pensaría Sergio. La forma en que le había revelado que sabía a qué se dedicaba fuera del plató de *De buena mañana con Anabel* dejaba perfectamente claro que su condición de asesino a sueldo no afectaba a su amistad ni al concepto que Sergio tenía de él.

Ahora solo sentía curiosidad por el encargo, por quién sería el objetivo, cuánta pasta iba a ganar y, sobre todo, si podría usarlo para el programa. XXX nunca había perdido la serenidad como esa noche, pero no dejaba de ser un asesino que se aprovechaba de sus cadáveres.

Habiendo recuperado la compostura y viendo que la noche todavía era joven, decidió volver al Palomo a ver si estaba la chica que le sonrió al despedirse.

XV

Madrid, viernes 12 de abril de 2019

—Creo que no queda ningún tema del que hablar. Muchas gracias.

Un grupo de personas sin mucho en común se levantaba casi al mismo tiempo y abandona la sala. Alguno llevaba traje, otro iba en sudadera, una de las mujeres vestía un traje de chaqueta de seda y uno de los más jóvenes no se había quitado las gafas de sol durante la reunión. Su líder, a quien siempre se referían como Gatsby, era la elegancia personificada y se había ganado el sobrenombre después de regalar a todo el mundo la novela homónima de Scott Fitzgerald.

Las personas que estaban reunidas no eran un

grupo de amigos. Eran socios. Se despidieron sin cariño pero con educación. Mientras desfilaban hacia la salida, no miraron al hombre que sostenía la puerta.

«No tienen ojos para mí».

Solo quedaban él y Gatsby, que fumaba mirando por el ventanal.

—Ha ido bien —afirmó Aitor.

—¿Acaso te he preguntado?

—Perdón.

Otra vez se hizo el silencio en la sala.

—No me gusta venir a esta casa —dijo para romper el hielo el que sostenía la puerta.

Gatsby se volvió hacia Aitor con los ojos llenos de ira.

Esa mirada fue un viaje a su infancia. Era la misma mirada que se encontraba cuando entraba en el despacho de la mansión en la que vivía. Aitor sabía que no deseaba interrupciones cuando estaba dentro, pero desobedecía habitualmente. Solo quería jugar. Aquello provocaba el enfado de su «familia». Su infancia y adolescencia se rigieron por las reglas que dictaba aquella voz tan firme, que estableció un régimen de terror al que Aitor respondió tratando de complacer y cumplir cada norma. Miedo, fervor, respeto y servidumbre. No le trataba como su hijo;

él era un error administrativo, un lastre inesperado en un matrimonio por lo demás altamente conveniente y rentable para ambas partes. Quitando a Aitor de la foto, eran la pareja perfecta: guapos, poderosos y bien conectados.

Aitor mojó la cama hasta los doce años. Pese a sus denodados esfuerzos, nunca logró estar a la altura de las expectativas puestas en él. «No eres el lápiz más afilado del estuche», le decía cada vez que llegaban las notas, y se reía con una carcajada profunda que Aitor intentaba imitar fuera de casa.

«No eres mi hijo, no me imites. No puedes». Aitor no era más que su perro apaleado.

El chico intentó volcarse en el deporte para compensar sus fracasos escolares. El fútbol no era lo suyo, el baloncesto tampoco y del tenis mejor ni hablar. Nada de nada en ese frente. Como todos los que no tienen capacidades para los deportes, encontró su lugar en el gimnasio. Se trabajó un cuerpo definido para impresionar a su familia.

«¿Para qué te sirve? Sigues siendo un idiota y encima ahora lo pareces».

Aitor siempre se culpó del trato que recibía en casa. Quería despertar orgullo y satisfacción en los suyos, ser alguien de quien pudieran presumir delante de las amistades, que hacían lo propio con sus vástagos. Nunca fue lo suficientemente sagaz para darse cuenta de la toxicidad de la relación con la única familia que había conocido. Él solo quería su amor.

Cuando empezó la universidad, descubrió que había una manera de prosperar y de que la gente le hiciera caso, de conseguir que obviaran sus limitaciones: haciendo la pelota. Se dio cuenta de que relacionándose así podría alcanzar sus objetivos, o por lo menos estar más cerca. Sus pensamientos estaban indefectiblemente dirigidos a cómo alcanzar las altas esferas, el estrato al que pertenecía su familia y del que le excluían. Quería acercarse al poder para hacerse merecedor del aprecio de Gatsby y que eso redundara en amor.

Se marchó de casa y no quiso la ayuda (no ofrecida) de nadie. Estaba decidido a demostrar su valía. Terminó empresariales y se puso a buscar trabajo. Lo encontró, porque al final los apellidos y las relaciones abren puertas y todo el mundo sabía de quién era familia. Continuó con la estrategia de hacer la pelota y ascendió. Llegó a convertirse en el asesor principal de algunos millonarios. Él les decía dónde invertir. No se complicaba mucho. Iba a lo sencillo, se movía en los lugares comunes de la Bolsa, esos en los que no se ganaba ni perdía mucho. Con eso y sus maneras, Aitor proseguía su escalada, a lo que ayudó el descubrimiento de que el sexo abría más puertas que el peloteo. Un tipo atractivo, educado y con un cuerpo escultural podía seducir a quien quisiera. En menos de diez años se labró un expediente impresionante: se convirtió en el *toy boy* de todas las personas que tenían despacho, hombres y mujeres. Mientras tanto, sus compañeros no daban crédito. «Nunca nadie tan limitado llegó tan lejos» era la cantinela que repetían a sus espaldas.

Cuando rozaba los cuarenta, Aitor cobraba casi cien mil euros al año y mantenía una relación oficial y pública con su jefa. Ya no se tenía que esconder. Y él se creía que lo merecía todo. Fue entonces cuando cometió un error que le expulsaría del estatus que se había ganado a golpe de lamer culos y lo que no eran culos. Aquel percance lo devolvió a los pies de Gatsby como una persona derrotada.

Borracho de éxito (o de lo que él consideraba éxito, porque para el resto de sus colegas no era más que el amante de la jefa), una noche decidió salir a ligar. Y lo hizo, pero con una profesional del sexo. Sin embargo, Aitor estaba convencido de que había ligado. Caza mayor, se repetía orgulloso mientras estaban en el taxi camino de su casa. Cuando la mujer quiso cobrarle, entró en cólera. Le gritó a la chica que le había engañado, que él no necesitaba pagar para acostarse con alguien. Tal era la furia que sentía Aitor que le dio una bofetada con todas sus fuerzas a aquella pobre prostituta. La mala suerte quiso que se diera con la cabeza en la mesilla de noche del apartamento de Aitor. Murió en el acto.

Enajenado y fuera de control como estaba, no se le ocurrió más que llamar a Gatsby, un automatismo que había forjado desde la infancia, porque había sido testigo del poder que tenía y de la influencia de sus contactos. Quizá no soportaba a Gatsby, pero siempre le rescataba.

«Los casi listos sois los más peligrosos. Os creéis lo suficientemente inteligentes como para hacer ciertas cosas. Os creéis poderosos y solo sois unos desgraciados. Y unos estúpidos. No te muevas de ahí».

Aitor se hizo pis al escuchar aquello. El lunes dejó su trabajo y a su jefa y volvió a la mansión familiar, convertido en el ayudante de una de las personas más poderosas que existían.

Gatsby se había dado media vuelta y le miraba con desprecio desde el ventanal.

—Si no te gusta este sitio, te aguantas. Y si no te gusta estar aquí, llamamos para que reabran el caso de la puta que murió hace cinco años. Es de los que no prescriben y de los que causan furor entre los fanáticos del *true crime* en este país de criminólogos frustrados.

Aitor bajó la cabeza.

—Pídele a Sergio que te informe de cómo marcha todo e infórmame al instante.

Asintió apretando los dientes con rabia.

—Baja a preparar el coche —le ordenó Gatsby con frialdad.

Volvió a asentir mientras abandonaba la sala. Las puertas del ascensor se abrieron, mientras pensaba que siempre tenían a Sergio en la boca cuando él podría hacerlo mejor que el insoportable ese. Fue entonces cuando se le ocurrió la idea: Aitor decidió que iba a sorprender con una jugada maestra. Se iba a quitar a Sergio de en medio y demostrar lo que valía.

No hay nada más peligroso que una persona casi lista.

6

Pero volvamos a mis orígenes, a la forja de un asesino no solo sin remordimientos, sino con vocación de servicio a la sociedad. O al menos la mía. He conocido a muchas personas, pero pocas tan malas como Rosa María. Da la casualidad de que todas ellas están muertas. O mejor dicho, fueron asesinadas, aunque siempre por una buena razón. Había que restablecer el equilibrio del universo, compensar un poco el karma. Quiero que tengáis claro eso, por favor, no soy un monstruo. (Bueno, sí, lo soy pero con buen fondo, joder).

Volvamos a Rosa María. A los dieciséis años me topé con la primera asignatura para la que no servían de nada mis altas capacidades, Física y química, y con la primera persona con la que mis encantos naturales no funcionaban (incluso mis padres, con lo insoportable que estaba a esa edad, me adoraban). Como era una asignatura 2x1 teníamos clase todos los días, lo que suponía pasar una hora diaria con ella, con Rosa María, la profesora. Era el infierno en la Tierra. Sesenta minutos de odio e incomprensión. Me repugnaba. Y la asignatura, también. No sé si odiaba Física y química por ella o al revés. Ir al instituto se convirtió en un calvario. Incluso tuve que pedir a David, el empollón de mi clase y mi mejor amigo del instituto, que él que era un mago de las ciencias me lo explicara.

—David, tío, no entiendo nada de lo que me estás diciendo. De verdad. Si le sumo un protón o su puta madre, el hidrógeno se transforma en no sé qué. No, tío, no entiendo nada —resoplaba con rabia yo. Estaba desesperado como pocas veces en mi vida.

—A ver, voy a intentar explicártelo de forma más sencilla que Rosa María, que a veces creo que quiere haceros sufrir a los que no se os da bien.

—Pues yo estoy seguro: va a por los débiles. Es mala gente. A los que entendéis la formulación y esas cosas casi os aplaude. A los tontitos como yo nos hace sufrir. Me gustaría verla haciendo lo que hago yo en literatura. Seguro que no ha leído nunca a José Saramago...

—¿Crees realmente que te odia? —David me lo preguntaba con verdadera curiosidad.

—Fijo. Tampoco soy el primer alumno al que le ha jodido la vida durante un curso entero. Lo hace por deporte —respondí y luego me embalé, y David, que nunca decía que no, me dejó hablar y soltar todo mi odio hacia Rosa María.

Enumeré todos los casos que tenía grabados a fuego en la memoria. Empezando por la vez que hizo llorar a una chica que había sacado un 4,9. Paloma creo que se llamaba. Había pedido revisión y Rosa María le dijo que no tenía derecho a ello porque fumaba en los baños. La chica, pálida ante la injusticia flagrante, soltó un «Pero a usted qué le importa eso». Una conversación sin sentido, ¿verdad? Bueno, pues esa fue su respuesta a la alumna, que además fue expulsada una semana porque Rosa María informó al director de que Paloma le había faltado al respecto y que su reacción al suspenso había sido desproporcionada.

En otra ocasión, explicándonos no sé qué fórmula en la que se hablaba de partículas pequeñas, señaló la estatura de Luis, que, cierto es, bajito era. Muy bajito. No tenía acondroplasia, pero poco le faltaba. Aquella hija de la gran puta estuvo más de treinta minutos riéndose de él y haciendo referencias a su altura. No paraba de decir que Danny DeVito era su padre (no lo era). Que si en su casa las baldas de arriba estaban vacías, que si le compraban la ropa en la sección de niños...

También me enteré de que un alumno con sobrepeso sufría sus comentarios día tras día. Referirse a él como «seboso» cuando pasaba lista o «zampabollos» cuando le pedía que saliera a la pizarra son dos ejemplos de ese trato. Este chico terminó desarrollando bulimia al poco tiempo de empezar COU. Estaba en la universidad cuando intentó suicidarse a causa de su enfermedad. Nadie reparó en ello ni le dio importancia porque en los noventa todavía vivíamos en la prehistoria, lo que hoy se excusaría con un «eran otros tiempos». Tampoco nadie quiso ahondar en los orígenes y motivos de su trastorno alimentario, porque, en realidad, no se tenía la suficiente información al respecto, pero Rosa María fue causa, acelerador y detonante del problema.

Os estaréis preguntando por qué nunca la denunció nadie o por qué no la despidieron. Deberíais ver *Whiplash*. J. K. Simmons interpreta a un director de orquesta maltratador que busca la perfección y trae por la calle de la amargura a sus alumnos del conservatorio y a los miembros de su combo de jazz. Sin embargo, fuera de esos espacios, las autoridades del gremio le consideran un genio y un promotor del talento. Con Rosa María sucedía algo parecido en el instituto: por su clase pasaron varias personas que terminaron siendo físicos y químicos de relumbrón en España. Vale que no les conoce nadie porque la ciencia es así (nadie puede decir ni el nombre de un Nobel), pero esos alumnos resultaron ser muy buenos en sus campos y escogieron sus caminos después de pasar por la clase de Rosa María. Ella sacaba pecho con aquello. Lo que nadie se atrevía a hacer, como en la película, era denunciar a la profesora por sus métodos. En *Whiplash* hay tres o cuatros alumnos al borde del suicidio que sí que lo hacen; en cambio, en mi instituto nadie estuvo a punto de morir mientras era alumno suyo, así que Rosa María campaba a sus anchas.

Yo no era de ciencias. Para nada. Tenía claro que me iba a las letras puras desde que me explicaron en qué consistían BUP y COU. Rosa María nos preguntó en su primera clase del curso qué pensábamos hacer al año siguiente, ciencias o letras. No me di cuenta hasta más adelante, pero aquella pregunta era la primera criba para separar a los que iba a maltratar de los que no. Y si, como en mi caso, la respuesta iba salpicada de mucha chulería, pues os podéis imaginar que me conté entre los selectos escogidos para el martirio. Os juro que este no es el típico caso de la queja clásica adolescente de «la profesora me tiene manía y por eso me suspende». Las normas en mi casa se resumían en que para hacer lo que me diera la gana y tener los permisos garantizados debía estudiar, sacar buenas notas y cuidar las relaciones sociales con mis compañeros y profesores, pero con esta señora tenía un problema que iba más allá de ser un negado en Física y química. Era odio recíproco y se notaba.

Todas las preguntas que hacía en clase para comprobar los progresos tenían la misma coletilla: «Aunque seguro que XXX no lo ha entendido porque es un poco lento». «Un poco lento». No fallaba, lo decía todos los días en todas las preguntas. Cada vez que lo escuchaba, el fuego de mi odio crecía. Rosa María sabía dónde dar para hacer daño. Había revisado mi expediente y tenía constancia de mi coeficiente intelectual. Sabía perfectamente que yo tenía altas capacidades en las asignaturas de humanidades y en todas las áreas que requieran habilidades psicomotrices y sociales, pero en el ámbito numérico era un cero a la izquierda. Ella disfrutaba con mi sufrimiento, porque, más allá de las etiquetas, no dejaba de ser un adolescente con un ego frágil. Han pasado muchos años y sigo convencido de que ella quería joderme la media y, si era posible, la vida.

Mi pésimo rendimiento en Física y química no se debía únicamente a mi enfrentamiento con Rosa María. En absoluto. Yo intenté aprobar de todas las maneras, estudié muchísimo e hice cuanto pude por entender la asignatura. Mis padres, viendo mi malestar y lo mucho que me esforzaba, buscaron un profesor particular que me ayudase. Nada servía.

Sin embargo, en el camino del dolor trazado por Rosa María había un atajo. Un vacío legal, si queréis verlo así. La asignatura se vertebraba en física y en química. Es decir, fórmulas y formulación. Para los que no estéis familiarizados con el tema, la formulación es, básicamente, el aprendizaje de los símbolos de los elementos químicos y cómo se relacionan unos con otros. O lo que es lo mismo: letras puras y duras. Estudiar nombres y sus equivalencias. Un poco de sumar y restar y listo.

Rosa María dejaba claro al principio de curso que la calificación final de la asignatura era la resultante de la suma de la nota de Física y de Química. Se hacía una media pura de las dos y el resultado era la nota final. Pues las matemáticas me ofrecieron la solución al problema: si sacaba un diez en formulación, el cinco lo tenía asegurado. A poco que raspase un uno o un dos en física, la asignatura estaba aprobada. Es una conclusión accesible y rápida, ¿verdad? Pues yo tardé casi cuatro meses en darme cuenta de aquello. Cuatro meses que resultaron, como he relatado antes, infernales. Cuando di con la solución, mi vida fue más fácil. Relativamente.

Todavía tenía que sufrir sus comentarios hirientes en las clases y hacer lo posible para que se notara que la parte numérica me la estaba trabajando a fondo. Sin embargo, Rosa María era muy lista y entendió mi plan al instante, supo que yo iba a aprobar porque había encontrado un fallo en su planteamiento. Como es lógico, no podía dar marcha atrás para modificar las reglas de su asignatura, llevaba muchos años funcionando así. Los ataques personales aumentaron cuando se dio cuenta de que no iba a suspender.

Tengo que admitir que los insultos que me lanzaba eran de lo más ingeniosos. Sabía cómo hacer daño. Pese a tener controlada la situación, dolía. Mucho. «No vas a ser nadie en la vida». «Nadie querrá saber nada de ti». «Los guapos sois los más idiotas de todos». «No te da la cabeza, no lo intentes. Vas a repetir». «Me das asco». «¿Tus padres saben que eres una deshonra para ellos? Los conozco y son gente inteligente». «¿Por qué vienes? Es un desperdicio de recursos que estés aquí». «No voy a pedirte que respondas a esto porque tienes la inteligencia justa».

Y así todos los días. Yo tragaba sin rechistar, sin mostrar la menor reacción. Era una roca. Torpedeó todo lo que pudo. En los exámenes se instalaba al lado de mi pupitre para controlar que no usase chuletas, me registraba la mochila, la vaciaba y me confiscaba el tabaco (a la cuarta vez, ya me había acordado de guardármelo en el bolsillo). Yo, para provocarla, le dejaba notas sueltas con mensajes dedicados a ella. «Sigue buscando». «Esta mochila está libre de trampas». Y mi favorita: «Hola, Rosa María». ¿Me lo pasaba bien con aquellas cosas? Pues sí. ¿Era infantil? Totalmente. ¿Por qué no me mandó a la mierda? Todavía lo desconozco.

Me hacía controles sorpresa exclusivamente a mí para ver si me pillaba a contrapié. Esa situación requería por mi parte un exhaustivo estudio de la formulación. Han pasado más de dos décadas y aún me sé la tabla periódica de los elementos y las valencias.

Ayuda bastante en los autodefinidos y en los crucigramas, porque para deshacerme de los cadáveres o en cualquier otro asunto práctico no le he sacado partido. Porque Física y química, si eliges letras y profesiones relacionadas con ellas, no sirve para nada.

Pero su torpedeo no se ceñía a ataques directos contra mí. También utilizaba a mis padres. Pidió varias reuniones con ellos para convencerles de lo importante que era su asignatura y lo poco que yo me estaba esforzando. Según me contó mi madre, llegó a calificarme de sinvergüenza, de vago y con tendencia a las adicciones. Por supuesto que ella no creyó nada de eso. De hecho, salía de aquellas charlas casi riéndose porque había detectado que aquella mujer no estaba bien de la cabeza. Pero claro, mis padres no dejaban de ser de otra época y no estaban por la labor de denunciar a una profesora. En lugar de ver que era una persona con una clara tendencia al maltrato, le quitaban hierro al asunto diciendo que se trataba de una mujer muy comprometida con su trabajo y algo anticuada en sus métodos.

Aparte, seamos claros, eran los noventa, y en aquellos años no estábamos tan familiarizados con las enfermedades psiquiátricas y la salud mental en general como hoy en día: los asesinos en serie solo formaban parte del imaginario cinematográfico y los maniacos salían muy de vez en cuando en los periódicos porque en un pueblo uno había asesinado a su madre, pero no se hablaba de autoestima, depresión o educación emocional.

Mis padres sabían perfectamente quién era su hijo. No les hacía falta que una señora les dijera lo que yo, supuestamente, era. Fijaos que fue la única vez en la que mis padres me dieron la razón cuando yo les decía que una profesora me tenía manía. Me reconforta pensarlo. El resto de las veces hasta yo sabía que no era verdad, pero con Rosa María la certeza era absoluta y de acero.

Puede que penséis que soy un exagerado. Es lícito. No obstante, os aseguro que todo sucedió como os lo relato. Que unos padres se pongan del lado del hijo cuando pronuncia la manida frase de la manía y se queja de una profesora no es lo habitual. O no lo era hace unos años. Quiero que sepáis que cargarme a esa señora es uno de los actos de los que más orgulloso me siento. Fue un asesinato justo y necesario. Seguro que vosotros también lo pensáis, pero os da pudor reconocerlo, ni hablemos de verbalizarlo. Eso es lo que nos diferencia.

Ya os he puesto en situación, así que creo que os

debo contar cómo me cargué a con Rosa María. Como bien recordaréis, yo había provocado una muerte, había segado una vida humana. Vale que no fue queriendo y que se podía considerar un accidente providencial que evitó males mayores, pero lo detestable es que la experiencia no me dejó ningún trauma. De hecho, fue la revelación que necesitaba para entender lo que podía ser matar si lo hacía bien. Eso ya os lo había contado, pero bueno, está bien recordarlo.

Habían transcurrido casi dos años desde el incidente con el pedófilo y yo, que había intuido que lo de matar me apasionaba, invertí ese tiempo en profundizar en mis conocimientos sobre cómo quitar la vida a alguien. Llegué a leer veinte libros sobre asesinos célebres, cinco sobre investigación policial y otros tantos sobre procedimientos judiciales. En la biblioteca debieron de flipar conmigo. Mis padres no se preocuparon porque, mientras me vieran entretenido y culturizándome, les daba igual. Ni en sus pesadillas más monstruosas se esperarían que yo me dedicase a lo que me dedico.

Aparte de volverme un auténtico fan del asesino del zodiaco (el de la película *Zodiac* que se hizo después, en 2007) y de ser un estudioso de Jack el Destripador y sus imitadores, una de esas lecturas tan instructivas me llevó a un caso sin resolver.

Siete personas murieron en Chicago por ingerir paracetamol. Tras muchos análisis, se concluyó que el asesino había conseguido meter cianuro en las pastillas antes de que fueran comercializadas. Los primeros estudios revelaron que el veneno había sido introducido durante el proceso de fabricación del paracetamol. Posteriormente, en el segundo y en el tercer estudio se dictaminó que había sido en el momento del envasado, lo cual era aún más complejo. Lo único en lo que coincidían las tres líneas de investigación era que el asesino había sido lo suficientemente precavido para que su manera de quitar la vida no dejara rastro. Huelga decir que asesinar de una forma tan aleatoria no me atraía nada, pero sí que me resultaba curioso que la muerte te podía llegar en cualquier momento y por el canal más inesperado, como al mitigar los síntomas de un resfriado con un inocente comprimido de analgésico.

Matar por matar, sin ningún propósito, no es lo mío. Yo lo hago por muchas razones, y las principales son para hacer justicia, por fama y por dinero. En ese orden. Bueno, y también por venganza. A Rosa

María la maté para vengarme, aunque con los años sostengo que fue también por justicia. Nadie merecía recibir el trato que recibí yo y que habían padecido otros alumnos antes de mí. Me tomé la molestia de confirmar que mi profesora de Física y química había sido una mala persona con más gente. Y así era. Tampoco tuve que investigar mucho. Los de tercero de BUP y los de COU me lo confirmaron sin pestañear. Conocía a algunos exalumnos y todos, sin excepción, se estremecieron cuando escucharon el nombre de Rosa María. Así que sí, la maté por venganza y por justicia.

Poneos en situación: el curso había acabado. Yo había aprobado y se celebraba una fiesta de fin de curso en la discoteca pub Airbag. Estaban invitados todos los alumnos de BUP y los profesores. El local era un antro de barrio con encanto, donde todos los que iban eran vecinos o se conocían de vista. Copas baratas, poca luz y música para chavales. Por aquellos años, a los dieciséis podíamos beber sin problemas en los locales de ocio nocturno a los que teníamos permitida la entrada, así que el plan de aquella noche era que nos íbamos a mamar pero bien.

Nos habíamos peinado el barrio sin descanso durante dos meses para costearnos la fiesta de fin de curso; vendíamos papeletas para una tómbola en la que el premio estrella era un jamón. No me acuerdo bien de cuántas vendí, puede que dos tacos y medio. Entré en todas las tiendas cercanas a mi casa donde me conocían para colocar algún boleto, me hice de arriba abajo todas las puertas de mi edificio y debo reconocer que los vecinos colaboraron generosamente para que pudiera emborracharme y celebrar mi paso a tercero de BUP, lo cual suponía dejar atrás a la persona que más me había hecho sufrir en toda mi vida: Rosa María, la de Física y química.

Con la emoción de la fiesta y los preparativos, no le había dedicado el tiempo que debía a mi principal objetivo del curso, que no era otro que matar a Rosa María. Pero, claro, con la juerga y mis intenciones pecaminosas con una compañera llamada Silvia perdí de vista mi objetivo real. En el fondo, no era más que un aspirante a asesino en el cuerpo de un adolescente con ganas de fiesta, de beber y de enrollarme con una chica.

Llegó el día de la celebración. Por la mañana, con la entrega de las calificaciones, se oficializaba que había ganado la batalla al demonio de Física y química. Había triunfado gracias a la fisura del planteamiento de Rosa María y a que me había subestimado. Como cuando entré en su portal. No voy a adelantarme en la crónica porque pierde emoción y factor sorpresa. Vayamos paso a paso, que con el entusiasmo me adelanto.

Durante la entrega de notas en el salón de actos, con mis padres de testigos orgullosos, sonreí a mi archienemiga mientras recogía el papel que certificaba mi victoria, y de paso le di a entender que no habíamos terminado. Admito que me regodeé en el triunfo, lo celebré como si fuera un gol en la final de la Champions, lanzando besos desde la distancia a todos los profesores e invitándoles a tomar una copa en la fiesta que habíamos organizado los alumnos. Mis amigos me lo echaron en cara porque la idea inicial era que estuviéramos a nuestro aire. Mi respuesta fue: «No se atreven a venir. Y al que venga nos lo cargamos... a chupitos».

Naturalmente, la mayoría de los profesores no se atrevieron, salvo dos. El primero en llegar fue Ramón, el de gimnasia, que era un fiestas de los buenos y tenía casi la misma tontería encima que nosotros. Un poco flipado pero majete, la verdad, le caíamos bien y él a nosotros. El profe coleguita enrollado había visto muchas películas americanas y quería protagonizar la suya propia. No le importó a nadie que apareciera. De hecho, hubo una ovación lo suficientemente respetable cuando entró como para que el profesor se sintiera realmente bien acogido en aquella fiesta.

La otra persona del claustro que también aceptó la invitación fue Rosa María. Su única intención era joder la fiesta. Sabía perfectamente que su mera presencia bajaría el suflé del cachondeo, y aunque el efecto del shock fuera efímero, a ella le bastaba. Rosa María conocía nuestros mecanismos mentales: su llegada enturbiaría el buen rollo y estaríamos tensos hasta que estuviéramos seguros de que se había ido. La profesora de Física y química jugaba a joder la mente, ese era el motor de su vida, y su objetivo éramos nosotros porque ya no le quedaba entorno: divorciada dos veces, sin hijos ni familia, su existencia se reducía al instituto. Tampoco tenía amistades, porque nadie en su sano juicio aguantaba a alguien tan tóxico como ella. Es ley de vida, los muy muy muy malos acaban solos tarde o temprano. Ella acabó así casi temprano.

Llevábamos una hora de fiesta y algunos ya habíamos pedido el segundo copazo cuando la puerta nos anunció la llegada de la invitada inesperada. No hubo aplausos, solo caras de sorpresa y asco y una sonrisa, la de Rosa María, feliz porque había acertado en el *timing* y en el efecto que su presencia provocaba en la fiesta. Nos había jodido pero bien. La gente dejó de bailar, se quedó petrificada. Ella fue andando tranquilamente, saludando a todo el mundo con la mano como si no pasara nada. Se apalancó en la esquina de la barra para vigilarlo todo y para que a nadie se le pasara por alto que estaba allí. Pidió un DYC con Coca-Cola y se encendió un Nobel. Era hija de puta hasta con sus gustos.

La siguiente reacción de todos los asistentes a la fiesta fue mirarme. Yo había sido el que había invitado a los profesores, y para mis amigos eso significaba que era yo quien había jodido la fiesta por chulo y sobrado. Pero yo no estaba jodido, sino todo lo contrario. Estaba satisfecho y con una sonrisa de oreja a oreja. ¿Sabéis por qué? Porque tuve lo que algunos llaman una revelación y los más pedantes lo califican como «momento eureka». En el preciso instante que la vi aparecer, supe que la iba a asesinar esa noche. No había decidido todavía cuándo sería el momento, pero, mira, la vida viene como viene y, si te ponen en bandeja a la víctima, pues no lo dejas pasar.

Cuando mis compañeros se disponían a echarme en cara su aparición, me fui hacia la esquina de la barra para saludar a Rosa María. Fliparon. Le di la bienvenida, agradecí que hubiera aceptado la invitación y le dije al camarero que era una invitada de la fiesta. Habíamos pagado una barra libre que rozaba lo obsceno. Yo, por mi parte, debía beber poco si quería matarla. Me daba lo mismo perderme un pedo épico. Mi fiesta acaba de pasar de increíble a acojonante. Describir el subidón de imaginarme matando a Rosa María es complicado. Iba a cargarme al demonio, al ser más odiado de todo el instituto. La que más hacía sufrir recibiría su merecido (qué frase de película mala, ¿no?). No sería ovacionado, pero sabía que estaría haciendo justicia. En realidad, eso sucedería unas cinco horas después en un portal oscuro. Carecía de ese detalle concreto, pero intuía que lo haría en algún momento de la noche.

Lo que pasó hasta que clavé el cristal del vaso de chupito roto en el cuello de mi profesora es digno de contar con detenimiento, por inesperado y por poseer una incomodidad disfrutona. Nunca olvidaremos lo que vivimos durante la fiesta con Rosa María. Mi amigo Carlos insistía en que era un milagro; David, mi mejor amigo, negaba con la cabeza y gritaba que eso no era ni medio normal; otros apostaron a que estaba drogada. Muchos estaban convencidos de que estaba interpretando un papel y había un plan oculto. Silvia, la chica con la que me quería enrollar, no paraba de decir: «Estoy flipando». Y es que esas dos palabras definían a la perfección la actuación del demonio que nos daba clase de Física y química.

Es muy de película, pero os juro por mis padres y mi ático de Ópera que todo lo que vais a leer es cierto: Rosa María estuvo simpatiquísima con todos. Repartió abrazos y besos a unos y a otros en la fiesta, no paraba de reír, estuvo cariñosa, bailaba todas las canciones. Inició una conga cuando sonó «La barbacoa» de Georgie Dann. ¿Que por qué sonó aquella mierda en una fiesta de adolescentes? Un misterio, pero estoy convencido de que fue cosa de ella; le pagaría al DJ o algo así porque, si no, no lo entiendo. Todos nos pusimos detrás de ella a seguirle el paso. Como apunte personal, añadiré que detesto las congas y creo que son una horterada, pero en aquel momento me pareció una gilipollez no unirme al baile. Rosa María habló con sus alumnos preferidos, con los que no sabía su nombre pese a pasar un curso entero con ellos, con los que había suspendido y hasta fue simpática con los que no éramos sus favoritos. Conmigo estuvo sospechosamente mimosa y cómplice. «Cómo me la has jugado, XXX». «Eres un sinvergüenza, je, je, je». «¿De verdad que no quieres seguir en ciencias, je, je, je?». Bromas que me resultaron incómodas, pero que, por su tono, realmente parecían bromas sinceras sobre nuestra relación.

No parábamos de mirarnos entre nosotros desconcertados. No entendíamos nada. Cejas levantadas, abríamos y cerrábamos los ojos, negábamos con la cabeza, fumábamos nerviosamente y bebíamos, bebíamos mucho. En todas las formas, estilos y presentaciones: chupitos, copas, copazos, a morro, de boca en boca... Aquella fiesta la sigo recordando como una de las más locas en las que he estado. Y yo sin beber porque quería estar lúcido para cargarme a Rosa María. Me daba lo mismo haber descubierto aquella noche que merecía la pena conocer fuera del trabajo a la profesora que me había amargado como nadie. O que se hubiera ganado a todos por su alegría, sus bromas y su capacidad de beber como un marinero ruso. Dejó boquiabiertos hasta a los camareros del garito, que no se podían creer que esa señora que parecía recién salida del bingo fuera capaz de beberse los copazos con esa facilidad. DYC con Coca-Cola. «Un segoviano lo llamo yo», repetía ella, un chiste tan rancio que en aquellos años ya olía a habitación cerrada, pero que a los adolescentes nos hizo mucha gracia porque, entre otras cosas, éramos muy inocentes e idiotas perdidos.

Los niveles de alcohol de la fiesta fueron míticos, así que, poco a poco, empezaron a desaparecer chavales. Del pedo que llevaban, algunos se habían quedado dormidos en los sofás que había en una zona para que la gente «estudiase» en la oscuridad. Otros directamente vomitaban en la calle y se iban a su casa. Yo había decidido quedarme hasta que se marchase Rosa María. Ya tenía claro cuál iba a ser el plan: la acompañaría a su casa con la excusa de ser un caballero, de pagar la deuda que tenía con ella por haber sido un mal alumno y aunque ella se negase, insistirle con la excusa de que quería pedirle consejo sobre el futuro, bla, bla, bla. El asunto era hacerla sentirse importante, como una guía vital o mentora. Silvia no entendió por qué prefería irme con la profesora antes que con ella. Años después, me lo sigue echando en cara aunque ya la haya acompañado a su casa varias noches.

La música paró y en el pub solo quedábamos la profesora, el alumno asesino (yo), los camareros y un par de amigos suyos que los iban a llevar de after. A mis amigos no les pareció extraño que yo me quedase hasta el final. Siempre fui de los que cerraban los bares y luego se «perdían» volviendo a casa; ya se estaba gestando el experto seguidor de cantos de sirena nocturnos en que me he convertido. Por eso, que hubiera seguido de farra solo una noche más no levantaría sospechas entre los que me conocían.

Rosa María y yo salimos a la calle. No sé exactamente qué hora era, pero calculo que debían de ser las cinco de la mañana. La noche estaba oscurísima, no había ni rastro de la luz del amanecer. El paseo duró unos quince minutos y yo interpreté el papel de mi vida (creo sinceramente). Mi momento estelar como mentiroso. No digo que fuera brillante ni nada por el estilo. Para nada. Sin embargo, hay que tener en cuenta que fue la primera vez que lidié con los nervios del asesino primerizo, que te sacuden hasta los empastes de las muelas. Vale que yo ya me había cargado a un ser humano, pero aquella noche no sería un accidente ni una improvisación: había planeado cómo hacerlo y dónde, y tenía un porqué. Había visualizado el proceso mientras bailaba con mi víctima. También cuando me besaba con Silvia junto a los baños. Sé que en esos momentos hay que estar a lo que hay que estar, pero entendedme, joder.

Las calles de mi barrio son silenciosas. Bueno, en

realidad, lo son las de cualquier barrio a esas horas. En el intervalo entre la salida del camión de la basura y el amanecer, cualquier sonido, por nimio que sea, es como un concierto de Metallica. No había contado con ello, pero me daba igual, lo haría en el portal. No sería tan escandaloso, solo tenía que ser rápido, no dar pie a reacciones inesperadas de mi víctima. Cuando se quisiera dar cuenta, ya le habría rajado cuello. La conversación hasta el destino final se movió en lugares comunes como el futuro, lo que había sido el curso, el tiempo y poco más. Una charla de ascensor, pero andando y con un desenlace inesperado para uno de los participantes.

Llegamos al portal de Rosa María. Me dio dos besos, soltó un «gracias» y añadió algo que me descolocó: «Has sido un hijo de puta muy salado. ¿Quieres subir?». Os juro que dudé. Asentí con la cabeza sin saber lo que hacía. Entramos en el portal sin dar la luz. Yo tenía la respiración entrecortada. En cuanto se cerró la puerta, noté los labios de mi profesora. Y luego la lengua. Ni cerré los ojos. Estaba incómodo. Yo quería cargármela y estaba dándome el lote con ella. Se apretaba contra mí y sabía a alcohol, pero no me aparté. Seguí jugando con su lengua junto a las escaleras. Justo cuando empezaba a estar duro, ella me acarició la entrepierna. Notó que algo estaba pasando ahí abajo. Yo estaba hasta mareado. Aquello me estaba superando y mis planes se desmoronaban. ¿De verdad me estaba enrollando con la persona que peor me ha hecho sentir en mi vida? Pues sí, y muy fuerte.

«XXX, besas regular, ¿eh?». Hostias. Golpe bajo. Ese comentario y la risilla que lo acompañó me hizo salir del trance. Ya no estaba cachondo, estaba enfadado. Rosa María era un pulpo, tenía quince manos y siete lenguas, y muchas babas también.

Sacarme el vaso de chupito que tenía guardado fue difícil. No era un vaso de chupito de los cortos, era de los largos e iba a ser mi cuchillo. Mi idea era romperlo contra la pared y cortar lo que encontrase con el cristal roto. Incluida mi mano. Tendría que ser delicado pero firme. Empecé a respirar más fuerte, pero no por la excitación. Gemí tras un mordisco de Rosa María en el labio y aproveché para meterme la mano en el bolsillo en un movimiento rápido. El siguiente gesto fue darle una especie de bofetada en el cuello y a la vez empujarla un poco en busca de espacio. Sucedió lo que había planeado: el vaso se rompió al entrar en contacto con la piel e hizo un estropicio letal. Un solo golpe y una vena abierta.

Lo siguiente que se oyó fue un grito ahogado en sangre. Luego, un silencio roto por el ruido del cierre de un portal. Miré a través del cristal. Rosa María estaba tumbada al pie de las escaleras. Ya no se movía. Había intentado taponar el corte con su propia mano, pero perdió fuerza poco a poco y descansaba sobre un escalón. Antes de abandonar la escena del crimen, comprobé si me había cortado. Había tenido suerte, apenas un pinchazo leve en la palma y tampoco me había manchado. No había nada que me incriminase. Todo había sido muy limpio. Encendí un cigarro y escribí un SMS a Silvia por si acaso. Le conté que a mitad de camino me había ido a buscar un sitio para comer algo y que no llegué a casa de la profesora. También le pedí perdón y le dije que ya estaba en la cama, pero que al día siguiente podíamos ir a tomar algo.

Mi coartada estaba lista y la muerte sin firmar. Me acababa de convertir en un asesino.

Diario *La Gaceta de la Villa*, 22 de junio de 1997

MUERE ASESINADA UNA PROFESORA DE INSTITUTO EN UN PORTAL

El sábado 21 de junio, alrededor de las siete de la mañana, el portero de un edificio de viviendas particulares ha encontrado el cuerpo sin vida de R. M. D. (55) al pie de la escalera del portal, justo frente a la puerta que da acceso a la calle. La víctima presentaba una profunda laceración en el cuello, lo que hace pensar a la policía que se trata de un altercado con un desenlace fatal en el transcurso de un intento de robo. Las autoridades piden la colaboración ciudadana en la investigación, ya que, al no haber cámaras de seguridad ni testigos de los sucesos, se hallan en un punto muerto. Se desconoce si la mujer tenía deudas, adicciones o relaciones conflictivas. Las pesquisas iniciales empujan hacia la teoría de un robo que se complicó en el último momento.

En el instituto donde impartía clases de Física y química se han declarado tres días de luto a pesar de que ya ha terminado el curso. Se prevé que todos los alumnos de BUP y COU acudan al completo al entierro de la profesora, que tendrá lugar en el cementerio de la Almudena. La familia de la fallecida no ha querido hacer declaraciones.

XVI

Madrid, sábado 13 de abril de 2019

Bruno vio de lejos a XXX, que se dirigía a la barra a pedir la cena para llevar. El dueño del restaurante cruzó la sala hasta él y siguió cantando mientras le abrazaba. Sergio notó que medio restaurante se giraba para ver quién era el destinatario de esa recepción por todo lo alto. El Ouh... Babbo! era uno de los mejores restaurantes italianos de Madrid, sin duda el único en que el dueño ofrecía música en vivo con su banda mientras la gente comía. XXX perdía los papeles por el risotto de setas al tartufo, uno de los platos estrella del restaurante, y Sergio, que no era ningún sibarita a la hora de comer, era fan irredento de la lasaña. Esa noche no cenarían allí: para una cita tan importante, XXX prefería la discreción de su casa, sin renunciar a tener a su amigo controlado por el estómago.

Sin dejar de cantar, Bruno se volvió hacia el comedor. XXX reconoció en una mesa al locutor de radio González Grial. Era la voz de la derecha rancia, un genio para poner motes faltones y poseedor de una de las mayores colecciones de cine porno de nuestro país. Un pajillero documentado. Se decía en todos los mentideros que era tan asqueroso como parecía. Varios amigos de XXX y Sergio habían trabajado con él y los términos machista, misógino, racista y déspota eran los calificativos recurrentes. González Grial había trabajado en la radio de los curas, pero acabaron echándolo porque era demasiado radical. Cómo sería para que pensaran eso, y no por sus ideas políticas, sino por su postura en el frente religioso. Si había una cosa con la que los curas eran cien por cien intransigentes era con criticar a la Iglesia, y González Grial se dedicó a hablar de las propiedades del clero y de las condiciones fiscales especiales desde el primer día que estuvo en antena. Fue despedido.

Pues allí estaba, cenando con una jovencita que no tenía pinta de ser ni su hija ni su sobrina. Si estallara un escándalo en los medios como el de Harvey

Weinstein en el cine estadounidense, nadie se sorprendería. Tampoco sorprendía que no hubiera ni una denuncia. Lo tenía todo bien atado. Siempre había habido gente que se lo quería cargar, pero llevaba escolta y no frecuentaba lugares oscuros, hacía todas sus maldades en casa. Se decía que era porque así podía grabar lo que hacía allí. XXX tenía la certeza de que no conseguiría llevárselo al huerto porque no le van los de su edad. Le gustaban más jóvenes, chicos y chicas... González Grial era un habitual del restaurante y era famoso por dejar buenas propinas pese a tener fama de todo lo contrario. Yo no perdía oportunidad de estudiarlo con atención cada vez que coincidíamos. Ese cabrón estaba muy alto en mi lista. Ya llegaría el momento.

Mientras esperaba el pedido, XXX terminó de darle un repaso a la clientela que estaba cenando y escuchando las canciones de Bruno. Había un director de cine nominado a los Oscar que solía ir al Palomo y con el que se llevaba muy bien, vio también a dos influencers que compartían un plato de gnocchi y poca gente más del faranduleo. Eso sí, estaba lleno, como casi todos los días. Cuando XXX estaba aburrido, bajaba a cenar y se sentaba en un rincón de cara a la puerta y desde allí controlaba todos los movimientos del local. Siempre había que estar atento a quién entraba. La información era poder.

Volvió al ático con tiempo suficiente para poner la mesa y ordenar un poco. Sergio era de las personas más puntuales que XXX conocía. Desde que lo conocía le desconcertaba su dominio de la gestión del tiempo, de la duración de los trayectos, de la meteorología, del tráfico, de los imprevistos…, aunque parecía que Sergio jamás los padecía. Pese a la multitud de factores que podían atentar contra la puntualidad, él siempre acudía a la hora fijada. Era un superpoder que pocas personas tenían: nunca llegaba tarde a una cita. Jamás. Aquella cena era importante porque se iban a descubrir todas las cartas y hablarían con claridad de temas bastante delicados. El timbre sonó mientras colocaba los platos. XXX miró el reloj y le salió del alma un «¡Qué cabrón!» lleno de envidia y de admiración. Jamás llegaba tarde y ese día no era una excepción. Debía de tener una fórmula secreta porque no era ni medio normal.

Al abrir la puerta, Sergio sonrió y abrazó a su amigo como siempre hacía. Eran gestos sinceros por ambas partes. Sin embargo, se notaba nerviosismo en el ambiente, del que hacía reír sin ninguna razón, como el que se siente cuando iba a hablar a la persona que te gustaba o el de la noche de Reyes. Ese nerviosismo que podía parecer bueno, pero que, mal digerido, te podía amargar hasta límites insospechados. Los dos lo sabían. La conversación que iban a tener supondría un cambio en su relación. Para bien o para mal. Dependía de ellos. XXX estaba convencido de que sería para bien y Sergio todavía no lo tenía tan claro. Era el más cauto de los dos.

—Vamos a abrir el vino, anda —propuso Sergio.

—¿Estás nervioso? —le preguntó XXX con un tono burlón.

—Claro que estoy nervioso —respondió Sergio un poco seco—. No todos días le propongo un trabajo a mi amigo, el asesino profesional.

—A ver, reconozco que yo también estoy nervioso, no te voy a engañar —dijo XXX ya sin ánimo de vacilar a Sergio—. Aunque tengo muchas preguntas, en el fondo sé que esto no va a cambiar lo que somos —aseguró XXX con aplomo, a pesar de que la expresión de su amigo dejaba entrever que estaban a punto de ponerse a hablar de cosas serias.

Sergio había traído uno de los tintos favoritos de XXX: un montsant llamado Blau. Un guiño a sus años de amistad y descubrimientos vinícolas para una reunión que podría alterar sus vidas para siempre. Sirvió dos copas y se las bebieron con ansia, prácticamente en dos tragos. Sergio no estaba tan sereno como en el Palomo la noche anterior y XXX había ganado un aplomo desconcertante. Ambos sabían que lo que hablasen durante esa cena supondría un *game changer*. No tenía por qué ser malo, pero tampoco bueno. La temperatura en el ambiente había subido, notaban un calor que les nacía de dentro. Salieron a la terraza a fumar y tomar el aire con la segunda copa de vino en la mano.

—Aquí fuera no podemos hablar —advirtió Sergio—. Sigues sin conocer a tus vecinos, ¿verdad? No estaría nada mal que justo hoy salieran a tomar el aire y cazaran un tema calentito como el que tenemos que tratar.

La risa de XXX reverberó fuerte, sincera y nerviosa. Como solía suceder, Sergio tenía toda la razón. Desde que se había mudado a aquel lugar, no había coincidido mucho con sus vecinos ni en el portal ni en la terraza porque sus horarios iban a contracorriente, pero se imaginó a la pareja de pijos del otro ático enterándose de que el famoso del piso de al lado era un asesino a sueldo de lo mejorcito del mercado. Le dio otro ataque de risa.

—No voy a decir nada comprometedor, pero me

gustaría tener respuesta a lo que más me ha rondado desde ayer: ¿cómo cojones te has enterado? —XXX dio una calada profunda, queriendo aflojar la tensión que sentía.

—Supongo que ahora mismo eso es lo primero.

—Lo es, sí. Por nuestra amistad y por si debo cambiar ciertos hábitos para mantenerlo en secreto —respondió XXX, categórico.

Sergio asintió y dejó hablar a su amigo. Sabía que XXX todavía no se había desfogado ni liberado del peso de las dudas que lo carcomían.

—Ya me aseguraste que no había ningún problema, pero ¿cómo cojones te enteraste?

—Lo que quizá no estás teniendo en cuenta es que a lo mejor soy yo más que tú el que tiene que revelar un secreto. Anoche te mencioné que me lo dijo una de las personas para las que trabajo. Salió tu nombre. No me sorprendió, aunque tuve que disimular un poco para que no se me escapara la risa. La cuestión es quiénes son mis jefes y por qué salió tu nombre.

—Por favor, explícate —le rogó XXX.

—¿Te acuerdas de los Canteros de *Los Simpson*?

—¡Una polla! —exclamó dudando de si reírse o empezar a cabrearse.

—Vamos dentro, anda —pidió Sergio.

Se sentaron a la mesa y Sergio aplaudió la selección de platos para la cena. Se echaron la tercera copa de vino y continuaron con la conversación.

—Las cloacas del Estado, Villarejo, la sección Pi, etcétera. ¿Sabes de lo que hablo?

—Joder, claro, Sergio.

—Bueno, pues esa panda no es la que manda de verdad. Pero con las investigaciones y escándalos publicados, ahora todo el mundo cree que sabe la verdad de todo porque ha leído dos noticias sobre el CNI. Por supuesto que ni Villarejo es el que maneja todo ni Ferreras conduce los flujos de información; son meras marionetas, pero se creen los dueños del teatro. Sin embargo, el teatro es propiedad de unos pocos a los que nadie conoce. Ellos sí que son los que ostentan el poder de verdad: deciden presidentes, de ellos depende hasta qué posición logra ascender todo el mundo. Deciden hasta el resultado del campeón de liga. Este país es su universo y ellos son Dios. Yo, que trabajo para ellos, nunca los he visto en persona. O sí, lo desconozco. Una de las claves de su poder es el anonimato.

—Parece de película —bromeó XXX, que estaba un poco más nervioso y bastante más intrigado que antes de que comenzara la conversación seria.

—Ojalá lo fuese. En el cine al menos hay una figura como James Bond que lucha contra Spectra y Blofeld. En el mundo real no hay quien los detenga, por eso son los que mandan de verdad. Y no estoy hablando de dinero, porque tienen de sobra y no lo necesitan —dijo Sergio. Era evidente que esa noche la conciencia estaba ganando la batalla.

—¿Y cómo has acabado trabajando para esa gente? —lanzó XXX.

—Una cosa llevó a la otra. O mejor dicho, un ambiente me abrió la puerta de otro y acabé conociendo a mucha gente a la que llegué a través de sus amigos de confianza, así que la confianza ya estaba asegurada. Y casi sin pensarlo me convertí en un... llamémoslo relaciones públicas, porque odio la palabra conseguidor. Hacía circular contactos, llevaba mensajes, presentaba a personas, sugería ideas, proyectos, cambios en empresas, lo que hiciera falta. Mientras continuaba de periodista deportivo, esa rama creció y creció hasta que la cagué con lo que pensé que sería el negocio de mi vida. Fue entonces cuando aparecieron mis jefes, los verdaderos poderosos, a salvarme el culo y enseñarme qué es de verdad el poder. Ahora solo trabajo para ellos.

Sergio le contó los detalles de cómo le habían reclutado. Admitió que, más que aceptar, le obligaron a hacerlo. No tenía alternativa, porque no solo estaba el delito de uso ilícito de información privilegiada, del que era en verdad culpable, sino también el doble asesinato que se había producido en su casa, del que ningún juez le declararía inocente. Era aceptar el trabajo o abrazar la cárcel. Por supuesto que optó por lo primero. Ese clan, como lo denominó con tiento Sergio, carecía de nombre. Estaban obsesionados con no dejar rastro, sospechaba que había muy pocos integrantes en ese círculo. De hecho, él no sabía el número exacto de miembros. Intuía que no pasaban de las diez personas, pero no tenía forma de asegurarlo porque nunca se había reunido en persona con ellos; solo había visto a uno y tampoco muchas veces.

XXX estaba en shock: su amigo era un peón de algo tan grande que no podía ni imaginar, porque hasta ese momento ni siquiera sospechaba que existía. Su cabeza estaba recolocando que todos lo que se consideraban alguien en el país no lo serían si no contaran con el beneplácito de los jefes de Sergio. Para ellos no había secretos, por eso no era descabellado en absoluto que su nombre hubiese aparecido en alguna conversación. Muchos de los encargos de XXX en el Palomo habían sido para acelerar algunos cambios en las vidas de sus clientes: nombramientos en consejos de administración, herencias inmobiliarias o de empresariales, reajustes en los accionariados... XXX nunca había matado a nadie que él considerase especialmente relevante, pero tampoco había reparado en las consecuencias de sus asesinatos. Solo se centraba en él mismo y ni siquiera sabía que existía ese plano secreto de la realidad, así que tampoco estaba seguro.

—No, nunca te has cargado a nadie que les interesara de verdad. —Sergio parecía leer la mente de su amigo.

—¿No?

—Todavía no.

—¿Cómo?

—Pues que todavía no. De eso va el encargo. Mis jefes necesitan que asesines a alguien que está creciendo demasiado y haciendo mucho ruido. No les gustan los que se salen del rebaño.

«Las cosas se van aclarando», pensó XXX. Por fin iba a saber la identidad de su próxima víctima. Lo que no se esperaba es que fuera tan importante. Aunque después de lo que le había contado Sergio, a lo mejor era un pez gordo, pero de los que no conocía ni Cristo.

—Quieren que elimines a Valentino Ruigémez. Les da igual que parezca un asesinato.

—¿El presidente del Riviera? —preguntó XXX, perplejo.

—Así funciona esta gente —aseveró Sergio mientras se llenaba de nuevo la copa.

—Pues cargarme al de *La pantera rosa* no va a ser sencillo. Tus jefes no se cortan a la hora de decidir a quién se quieren quitar de en medio —señaló XXX.

Sergio estalló en una carcajada.

—No había caído en ese parecido, qué cabrón.

—¿Me puedes explicar por qué? —recondujo XXX la conversación.

—Valentino está creciendo mucho, pero mal. Ha acumulado demasiado poder y se ha emborrachado de éxito. Es un peligro para el sistema.

—Su sistema, ¿no?

—Eso es —afirmó Sergio.

—Entiendo que, siendo quienes son, no puedo negarme.

—Poder puedes, pero no te recomiendo ahondar en sus técnicas de persuasión. Es mejor aceptar. No te lo tomes como una mala noticia: formar parte de su círculo tiene aspectos positivos. Por ejemplo, ¿cuánto has ganado como asesino a sueldo?

—No sé, mucho dinero. Llevo más de quince años dedicándome a esto. Quizá tres millones —XXX engordó un poco la cifra porque sabía que estaban negociando su caché.

Si había llegado a ganar millón y medio por asesinar era casi de milagro. Matar por encargo no era un oficio que te hiciera rico de verdad. Para empezar, porque había mucha competencia desleal (cualquier chaval de una banda con espíritu conflictivo era un potencial intrusista por tres mil euros) y, para acabar, porque era imposible hacer una proyección de cuánto trabajarías cada año. Él cobraba bien por sus servicios porque era de los mejores y había logrado el complejísimo equilibrio entre ser famoso por su carrera periodística y ser conocido como sicario con un toque especial en los círculos adecuados. Sin embargo, el colectivo de los asesinos a sueldo no estaba por agremiarse ni tampoco apuntarse a un sindicato. ¿Os imagináis una noticia en el informativo hablando sobre asesinos a sueldo que pretenden reivindicar la subida de tarifas y denunciar el intrusismo y la competencia desleal de los aficionados?

—Me han pedido que te informe de que por este trabajo cobrarás tres millones. E insisto en que da igual que parezca un asesinato, lo cual supongo que para ti es más sencillo, ¿no?

—Solo tengo una condición: quiero hablar de su muerte en el programa, como hago con todos. —XXX lo dijo sin pensar. Según le iban saliendo esas palabras por la boca, se dio cuenta de que era improbable que esa gente aceptara que les impusieran condiciones.

—Cuenta con ello. De hecho, están encantados de que lo hagas precisamente por ese extra. Te darán información para terminar de ensuciar su figura, para que acabes con lo que queda de su buena imagen después del repaso que le está dando Anabel en el programa —dijo Sergio con una sonrisa. Sabía que a su amigo le estaba encantando el encargo.

—Pues diles que acepto.

—¿Ves como no había por qué preocuparse? Que anoche estabas atacado. —Sergio bebió el último sorbo de la copa de vino. Se levantó y agradeció a su amigo la cena.

XXX le acompañó hasta la puerta. Se despidieron como si hubiesen estado hablando de trivialidades durante una velada común y corriente. Se fundieron en un abrazo sincero.

—Hasta pronto, querido. En breve te daré más

información sobre los próximos pasos. Tú entretanto sigue con tu vida como siempre.

XXX se quedó en el umbral de su casa observando a Sergio mientras esperaba el ascensor. Sonreía, pero en realidad no tenía muy claro por qué. Acababa de aceptar un trabajo muy complejo. Valentino era una persona rodeada de seguridad a la que no era sencillo acceder. Por mucha ayuda que le pudieran brindar los jefes de Sergio, cargarse al presidente del Riviera no sería un paseo por el parque. Por otra parte, estaba el factor nada desdeñable del riesgo que corría, por la relevancia de la figura a la que debía eliminar y por el poder de los que le habían contratado.

Era un marrón, pero, en el fondo, a XXX le ponía cachondo el tema. Mucho. Se veía cargándose al presidente con sus propias manos, asfixiándolo, apretándole el cuello como si lo fueran a prohibir. Usaría guantes negros. Sergio había insistido en que daba igual que no disimulara el asesinato, lo cual era un regalo. Era infinitamente más difícil no dejar rastro. Que no exigieran que pareciera un accidente le abría un abanico enorme de posibilidades, pero lo de estrangular le gustaba especialmente.

Y, por supuesto, también le ponía poder hablar de ello en el programa. Nunca había tenido un caso de alguien tan importante y con tanta relevancia, alguien que además estaban arrastrando por el barro desde hacía semanas. Le devolvería el estrellato que había tenido que ceder a su jefa, que gozaba de lo que parecía ser una fuente inagotable de escándalos sobre Valentino. Estaría en el foco mediático durante semanas. Podría escribir un libro y todo (si le dejaban, claro). El ego de XXX estaba tirando cohetes. A nivel profesional, dar la noticia, explicar los detalles cruentos y revelar la verdad más rastrera de alguien como Valentino Ruigémez le colocaría en la posición de casi asegurarse la jubilación. Su nombre se asociaría para siempre a un suceso histórico en el país.

Los que trabajaban en la tele y en la información buscaban, como los grupos de música, un gran éxito del que vivir hasta retirarse. Si dabas una exclusiva que paralizaba el país, podías vivir del cuento. Eran pocos los que lo lograban, ojo, pero nunca dejaban de tener trabajo, y además bien pagado. XXX sabía que ese encargo le iba a solucionar la vida. No dejaría de matar por dinero, pero sí se volvería aún más selectivo. Eso sí, antes tenía que cargarse al presidente de equipo de fútbol más famoso del mundo.

XVII

*Madrid, madrugada del sábado 13
al domingo 14 de abril de 2019*

La charla con Sergio había ido bien. Mientras fumaba en su terraza mirando al palacio Real cayó en algo importante: necesitaba un muerto. Hacía ya tres semanas que no llevaba material fresco al programa. Lo del gordo de la discoteca era agua pasada y Anabel había acaparado la atención y los focos con los escándalos precisamente de Valentino. XXX debía centrarse. En su profesión, si desaparecías quince días, el público te olvidaba y él no podía permitirse eso. En realidad, era su ego el que no lo soportaba. Apagó el cigarrillo con contundencia y expulsó el humo, contrariado. Lo último que le apetecía después de una botella y media de vino entre pecho y espalda era cargarse a alguien; el cuerpo le pedía cama, pero su ego clamaba sangre, y en esos debates solía ganar lo segundo.

En el ascensor, camino de la calle, se miró en el espejo. No lo podía evitar, se autoexaminaba para asegurarse de que no llevaba nada que lo delatara. Cuando va a hacer sus cosas, elegía colores neutros, prendas anodinas y una gorra, la fórmula infalible para no dejar rastro. Por si había algún indiscreto que miraba donde no debía. El problema ese día era la hora. Era tarde, pero no tan tarde como para asesinar sin preocupación. La noche aún no había llegado a su punto más oscuro y todavía pululaba gente por las calles. Poca, pero la había. XXX sabía que eran potenciales testigos. Tenía que buscar un lugar poco iluminado y, sobre todo, alejado del bullicio que resistía en Ópera.

El paseo le tranquilizó. Lo necesitaba porque no podía asesinar estando nervioso. Las prisas eran malas compañeras de viaje. Tenía claro que hasta pasada al menos una hora no iba a cargarse a nadie. Decidió pasarse por el Palomo a tomar algo y a matar el tiempo observando la jarana del local desde la barra. A lo mejor la víctima estaba allí y la búsqueda era más sencilla de lo que había pensado. Pero no parecía que fuera a ser así, solo había gente pasándoselo bien. Nadie que le diera la vibra de mala persona. Decidió pedir otro gin-tonic cortito y meterse una línea. La cocaína subió directa al cerebro y la neblina se desvaneció. Ni con ese empujón el radar detectaba nada que mereciera la pena. En el Palomo no iba a encontrar lo que buscaba. Lo bueno era que ya había pasado una hora desde que salió de casa y las calles se habían vaciado, era de noche de verdad, la que te envolvía y en la que el sonido de tus pasos era lo único que te acompañaba.

XXX sentía que la decepción iba creciendo en su interior a medida que caminaba. No encontraría a ninguna víctima que se ajustara a sus necesidades. Tan desierto estaba todo que no había ni malos a los que quitar la vida. Le había sucedido en alguna ocasión: iba con sed de sangre y volvía a casa como se había ido. Entre semana, los que salían a tomar algo se dividían en dos grupos bien diferenciados: los que disfrutaban de la noche y los apóstoles del vicio por el vicio. Los primeros son unos hedonistas y los segundos solían ser unos hijos de puta de tomo y lomo, las víctimas perfectas. Pero el paseo no le estaba ofreciendo nada, desde el Palomo hasta el Congreso de los Diputados y vuelta dando un rodeo por el barrio de las Letras pasando por la Latina. Nada.

Necesitaba un milagro. No estaba tan desesperado porque podía tirar una semana más sin dar una exclusiva en el programa. Él iba igualmente de tertuliano, pero no le gustaba del todo porque compartía el foco y se sentía un palmero más de Anabel. La fama era la droga más adictiva que existe. Por eso, había personas que vendían su alma para poder seguir en el tiovivo de la farándula cinco minutos, que mutaban en monstruos por medio aplauso. Defendían que lo hacían para comer, pero en realidad era por alimentar el ego. XXX sabía que le estaba empezando a pasar eso, pero, como con la farlopa, pensaba que lo tenía controlado. Hasta cierto punto era verdad porque lo de ser asesino era lo que le ponía realmente. Y con eso y con la pasta que le pagaban por ello, le valía.

Con el desánimo como compañero de paseo, el asesino frustrado andaba por la calle Bailén en dirección a su casa cuando un taxi frenó en seco cincuenta metros delante de él. La calle estaba desierta. Se oían los gritos del conductor a las dos chicas que estaban en el asiento de atrás. Hablaban tres personas, pero solo se oía a una.

—Fuera del coche, zorras. Si no tenéis dinero, abajo, calientapollas. Estoy hasta los cojones de las putas tarjetas. No tengo datáfono.

Las chicas se bajaron, parecían conmocionadas y enfadadas al mismo tiempo.

—Si no me la chupáis, a tomar por culo. Feminazis bolleras de mierda, que no me sale de los huevos llevaros si no me dais la pasta en la mano.

Una de las chicas amagó con sacar el móvil para grabar al taxista.

—No voy a dejar que me grabes, puta. Siempre con los móviles de los cojones. Me suda la polla lo que hagáis.

XXX ya se había puesto a la altura de la ventanilla del conductor. Miró a su alrededor para comprobar que no había peligro, es decir, ni cámaras ni testigos no deseados. Las chicas le observaban extrañadas, tratando de establecer contacto visual, cosa que XXX evitaba mientras se oía bramar al taxista. Del retrovisor colgaban una bandera de España y otra carlista.

—¿Y tú quién eres, maricón?

El asesino se agachó para ponerse a su altura, miró a los ojos al que le había preguntado y no contestó. Pasaron unos segundos de silencio.

—¿Que quién cojones eres? —insistió el taxista, más tenso.

Siguió mirándole a los ojos, no se inmutó cuando gritó. XXX se llevó la mano al interior de la gabardina, que llevaba abierta. Sonó un zumbido y después, silencio. Como si el mundo se hubiera detenido. Las chicas no sabían qué habían visto. XXX les hizo un gesto con la cabeza, atento a seguir ocultando su cara con la visera de la gorra, para que se marcharan. Se llevó el dedo índice a los labios. Sabía que no hablarían; estaban en shock y tampoco habían visto con claridad qué había ocurrido, solo el desenlace. Además, en el fondo, seguramente estaban agradecidas. Les costaría asumir lo sucedido, pero no irían a la policía. El motor seguía encendido, aunque no se veía al conductor. El cuerpo yacía de lado sobre el asiento del copiloto con un agujero en la sien.

La calle continuaba desierta. Programó un mensaje para cuando el productor del programa de la reina de las mañanas se despertara. Lo leería a primera hora, cuando se levantara a mear:

Han disparado en la cabeza a un taxista nostálgico de Franco. No hay testigos. No tengo claro si es un ajuste de cuentas o una discusión con un cliente. Podría tratarse de un profesional o de un ajusticiamiento por cuestiones ideológicas. Recogedme el lunes donde siempre porque es un temazo. A la jefa le va a gustar.

Nuestro asesino sabía que tenía el día siguiente para descansar y regalarse una jornada de *beauty sleep* antes del madrugón del lunes. Su ego ya estaba más tranquilo. La semana siguiente, el foco sería para él.

Diario digital *La Verdad Digital*,
14 de abril de 2019

ASESINADO DE MADRUGADA UN TRABAJADOR DEL TAXI EN PLENO CENTRO DE MADRID

El conductor de taxi J. G. (49) recibió un disparo en la cabeza y perdió la vida en el acto. Fuentes policiales informan que todavía no han sido capaces de determinar la razón del asalto ni han encontrado el arma con la que, probablemente, una persona no nacida en este país le quitó la vida al taxista madrileño de 49 años.

No hay testigos ni grabaciones de cámaras, porque el alcalde Caneya siempre ha defendido que el centro de Madrid es uno de los lugares más seguros de la capital de España. El bajísimo índice de criminalidad empujó a Caneya a quitar la red de cámaras de seguridad de los distritos más céntricos, lo cual supuso un ahorro para el ayuntamiento de cerca de cinco millones de euros. Esa partida presupuestaria se destinó a colaborar en la renovación de las instalaciones colindantes de uno de los emblemas de la ciudad: el estadio del Riviera.

Desde *La Verdad Digital* abogamos por un replanteamiento de las cuestiones relacionadas con la inmigración y el acceso de los inmigrantes a lugares emblemáticos a los que no deberían acceder dado que Madrid vive del turismo y cierta gente no da buena imagen.

XVIII

Madrid, domingo 14 de abril de 2019

Era de noche y la mansión estaba en silencio. Valentino paseaba por el salón con los brazos a la espalda. Silbaba, estaba contento. Con el divorcio firmado y ratificado, ya no tendría que seguir escuchando las quejas de su mujer. Le había dado dinero para diez vidas y una de las casas en la playa. Había sido sorprendentemente rápido. El dinero lo arreglaba todo; de hecho, también daba la felicidad.

Su ex firmó el papel con una sonrisa, pero no por el acuerdo, como creía Valentino, sino porque ya no tendría que verle nunca más. Como mucho, en el cumpleaños de sus hijos. Tampoco tendría que oler su colonia, ni pintarle el pelo de negro, ni aguantar sus enfados, ni ver los calzoncillos blancos, ni la moqueta del despacho, ni los muebles macizos, ni sus calcetines de ejecutivo negros, ni volver a los asadores, donde siempre pedían un Rioja y un buen filete. Adiós a aquella vida.

Sin embargo, Valentino pensaba que su exmujer sonría por el dinero y por la casa de la playa.

Sobre la mesa del salón había un libro negro. Más bien, un álbum forrado de negro. Se lo habían llevado hacía una hora y no se atrevía a abrirlo. Subió a ducharse y ponerse su pijama azul marino, las pantuflas con sus iniciales y el tabaco en el bolsillo. Le sudaban las manos y estaba empalmado solo de pensar en lo que podía contener aquel libro.

Un directivo amigo suyo se lo recomendó en cuanto le contó lo del divorcio.

—Presidente, es lo mejor que vas a encontrar.

Valentino escuchaba atento.

—Las que hay dentro son gente muy conocida. No hay nombres. Solo la foto y una cifra al lado.

—Me harán descuento, ¿no? Soy Valentino Ruigémez y no voy a pagar salvajadas.

El directivo se quedó sin palabras. Casi sin parpadear.

—Eh, no lo sé, presi. Le aseguro que merece la pena.

—Muy bien.

Y allí tenía el libro, en su casa. Seguía haciendo como que silbaba. Y seguía empalmado. No se atrevía a abrirlo, pero no porque le diera pudor. En absoluto. Solo por si era caro.

«A ver si me van a pedir un riñón».

Otra vuelta al salón. El pantalón le apretaba más. Y ya no había silbido sino jadeo. Se sentó junto al libro, seguía sin abrirlo. Metió la mano buscando a Mini Valentino: tres caricias, dos jadeos y un gemido. Se encendió un cigarrillo.

«No lo he abierto y ya me he corrido. Soy un puto genio. Valentino, no pueden contigo».

La sensación de victoria le convenció de que esas dos semanas de escarnio público en el programa de la zorra de Anabel González habían terminado; ahora tenía que concentrarse en el plan que marcaría la era de su consagración. Tendría que apretarle las tuercas a Sergio, que estaba toreándole. ¿Acaso no sabía con quién estaba tratando?

Desde agosto de 2000, Valentino se había convertido en el dueño del mundo y no soportaba que nadie le soplara.

—Dice el jefe que uses la vaporeta para los votos.

—Como se entere alguna vez de que le llamas así, te echará del club y no encontrarás trabajo nunca.

—Están cenando en el sitio ese de Alberto Alcocer y por aquí seguro que no va a pasar.

La vaporeta abría los sobres del voto por correo. Se cambiaba la papeleta y listo. Un trabajo lento y farragoso que requería constancia y unas manos habilidosas. La estrategia perfecta para poder darle la vuelta a las elecciones del Riviera. Valentino había sido el ideólogo de aquello: comprar a los dos que contaban esos votos había sido sencillo. Un poco de dinero y una vaga promesa de formar parte de la dirección general.

La prensa otorgaba la victoria al otro candidato y los sondeos eran claros. Los pronósticos no habían mejorado ni siquiera tras el anuncio del fichaje de la estrella del F. C. Catalunya, lo cual repateaba a Valentino, que no comprendía cómo el socio prefería un modelo antiguo y plagado de errores en lugar del suyo, que era moderno y llevaría al club al siglo XXI. Su visión de empresario de éxito, aplicada al fútbol en general y al Riviera en particular, sería imbatible, pero la gente no le quería.

En aquel verano, el aficionado medio opinaba que Valentino Ruigémez era un gafillas que le podía la boca más que la verdad, un fanfarrón a quien nadie conocía y que les había prometido algo casi imposible. El Riviera ya era campeón en todo y el equipo parecía destinado a seguir triunfando. Valentino lo sabía y, como veía que sus promesas no enganchaban, decidió influir en el resultado final de otra manera. La idea le vino tomando un café en la cocina. Por el ventanal vio cómo una persona del servicio limpiaba el porche.

—Edwin, la vaporeta.

—Perdone, señor, ahora bajo la potencia. No quería molestar.

—No, no. Precisamente quería saber si se le puede bajar la potencia a ese aparato.

—Sí, claro. El mínimo es casi como el soplido de un niño. Un soplido caliente —respondió complaciente el empleado.

—Muy bien, Edwin. Cuando acabes con el porche, puedes irte. Tienes el día libre —dijo el candidato con un tono que tocaba al mismo tiempo el desprecio y el agradecimiento.

—Pero, señor...

—Puedes irte —sentenció Valentino.

Fue su manera de darle las gracias, porque Valentino nunca lo hacía. Edwin nunca volvió a trabajar en su casa, fue despedido la mañana siguiente. Le dieron un sobre con dinero y adiós. Valentino prohibió el uso de la vaporeta en su hogar y, por supuesto, el aparato acabó en la basura. A partir de entonces, la limpieza debería hacerse de otra manera. Valentino nunca dejaba cabos sueltos.

Tras aquella conversación, con la victoria de Ruigémez garantizada, el club se modernizaría y pasaría a ser una de las entidades deportivas más potentes del mundo. Según varios estudios, era una de las marcas más reconocidas del globo.

Lo que no explicaban era que el nuevo gestor había convertido el palco del estadio en su sala de reuniones para negocios varios, legales o ilegales. Muchos decían que era como ir a las cacerías de Franco: *La escopeta nacional* de Berlanga pero en el fútbol. No estaba Saza para decir lo de «¡Apolítico! ¡Total! De derechas…, como mi padre», pero casi. Ir al palco del Riviera era un billete hacia la prosperidad en forma de negocio. Estando allí, el club se encargaba de presentarte a la persona adecuada con la que podías hacer tratos. Todo a cambio de unas comisiones que, por supuesto, no aparecían en las cuentas de la entidad. Solo eran unos números que se movían hacia varias cuentas de bancos suizos que, casualidades de la vida, pertenecían al presidente y al resto de la junta directiva. El club era una excusa cara para engordar sus fortunas.

Todo supuestamente, claro. Porque no había pruebas. Nunca las había.

Aparte del dinero que se movía allí, lo que realmente le importaba a Valentino era el poder, codearse con las más importantes figuras de la política, la economía y el deporte. Se decía en algunos círculos que ser el presidente del Riviera daba casi más poder que ser el presidente del Gobierno.

Valentino estaba convencido de que así era.

XIX

Madrid, miércoles 17 de abril de 2019

XXX estaba radiante. Llevaban tres días hablando del taxista militante de un partido de ultraderecha. El asesinato de un leal y humilde trabajador, amante de su país y nostálgico de regímenes menos democráticos, a manos de alguna rata infecta venida de fuera había sido el cambio de tercio ideal para Anabel, que necesitaba darse un descanso de los escándalos de Valentino, un asunto que acababa aburriendo al público, que no entendía ni la magnitud de las cifras ni el embrollo de los *holdings* y los jeques.

El nuevo caso de la estrella del *true crime* se traducía en buenos datos de audiencia para Anabel, que era lo que importaba. XXX llevaba casi una década en el programa, más de la mitad en pantalla, aprovechándose de su vocación secreta para ascender en el escalafón del equipo y haciendo pinitos para que los de la cadena se fijaran en él. Sin embargo, esa trayectoria no había sido sencilla. Le había costado mucho ganarse la confianza de sus superiores, primero del jefe de redacción y luego de Anabel. No terminaban de confiar en él, no por su forma de trabajar, sino por cierto runrún que había en la redacción, un ruido nacido de la envidia y amplificado con la peor intención del mundo.

La envidia podía ser el motor de las acciones más viles del ser humano. Cuando aterrizó en ese trabajo, XXX ya había tenido experiencias laborales con auténticos hijos de la gran puta y también se había cargado a unos cuantos con los que se había cruzado fuera, además de algunas joyas que había eliminado por encargo. Lo bueno era que a esas personas se las veía venir de lejos, exudaban su condición por cada uno de sus poros con solo dar los buenos días. Sin embargo, en sus primeros años en el programa, XXX tuvo que lidiar con la envidia de alguien al que consideraba amigo antes que compañero, una persona que no dudaba en torpedear todo lo que hiciera sin que él se diera cuenta. Aspiraban a lo mismo, pero diferían en sus puntos de partida: si uno era talentoso y guapo, el otro solo era un trepa.

En la redacción se sabía que existía una rivalidad no expresa entre ambos, pero nadie lo consideraba un asunto problemático porque eran amigos. O al menos eso pensaban XXX y el resto del equipo. La realidad era distinta. Todos conocemos a alguien que consideramos cercano pero que en el fondo es todo lo contrario. Quizá os ha pasado; si no, os va a pasar. Es cuestión de tiempo. Pues el que XXX pensaba que era su amigo era su enemigo.

Richi García se dedicaba a hablar mal de XXX a sus espaldas mientras que a su supuesto amigo le contaba mentiras sin descanso, mentiras que a golpe de repetición XXX tomaba por verdades. Lo que él tenía por una competencia sana era en realidad una contienda atroz y rastrera. «El mejor triunfará» era el mantra de Richi. El conflicto soterrado duró años, porque XXX negaba la realidad y la envidia del otro era sibilina, pero acabó por estallar cuando Richi le pisó a XXX la entrevista que le hubiera dado la oportunidad de salir de la redacción y pasar al plató. Las malas artes de Richi García quedaron a la vista para todos sus compañeros, pero se convirtió en la nueva joven promesa del programa porque a los jefes no les llegaban las trifulcas internas de los esclavos de la redacción. Fue el fin de su amistad y el principio del fin para Richi.

«¿Que cuál es la pregunta?», retumbó en el plató después del peloteo baboso de un minuto largo que acababa de lanzar Richi García al portavoz de la Policía Nacional. Esa respuesta era de lo peor que le podía suceder a un periodista. Era el señalamiento de una exposición larga y poco clara, presentada como una supuesta pregunta. Dependiendo de la persona que recibiera ese «¿Que cuál es la pregunta?» podían pasar dos cosas: la primera era que se hiciera un silencio incómodo, lo cual solía suceder si ese periodista contaba con el aprecio y cariño de sus compañeros; la segunda, que fue la que tuvo lugar en ese corrillo improvisado a modo de rueda de prensa, era que se rieran, una reacción mucho más dolorosa porque quería decir que tus compañeros te tenían ganas y se alegraban de que hicieran de menos tu trabajo, que era exactamente lo que pretendía el funcionario de las fuerzas de seguridad cuando increpó al periodista.

Richi García escuchó las risas burlonas. Esa vez no estaban en su cabeza ni eran cosa de su imaginación. Lógicamente, sudó para salir del escollo. XXX, al ver la escena en las pantallas de la redacción, sonrió. Alguien tan lamentable profesional y personalmente no merecía el privilegio de la muerte. Siempre había sobrevalorado a su «enemigo» de redacción, por eso prefería que siguiera caminando por la vida haciendo el ridículo. Cuando uno era consciente al cien por cien de que había hecho el ridículo, dolía más, y Richi García sabía sin lugar a dudas que acababa de quedar con un absoluto pringado delante de sus compañeros, de su jefa y de una audiencia de aproximadamente dos millones y medio de personas.

No era la primera vez. Sin embargo, XXX había llegado donde está gracias a Richi. Estuvo a punto de cargárselo en los baños de la tele, pero en el último segundo tuvo la revelación que le cambiaría la vida: hablar en el programa de los asesinatos que cometía.

Richi era el perfil que XXX solía mandar al otro barrio: mala persona, mentiroso, pelota, baboso... Y además le había decepcionado y traicionado. Cuando le pareció que Richi ya se había arrastrado y hecho el pena en público lo suficiente, decidió ejecutarlo, pero quería que supiera quién le dejaría sin el trabajo de sus sueños y sin la fama que anhelaba. No contento con eso, XXX se preparó unas palabras para la ocasión.

«Me voy a ocupar de que nadie ignore que fuiste el peor compañero de trabajo en la profesión. A tu funeral no irá nadie porque ya me encargaré de que hasta el último mono sepa lo deleznable que eras. Ni que decir tiene que en el programa no te vamos a dedicar ni una esquela, ya no digamos un vídeo con alguno de los tres segundos que hiciste un trabajo que no fuera una mierda».

La puñalada fue en el pulmón. El cuchillo giró antes de salir del cuerpo de la víctima. De esa manera, el aire entraba en el organismo y no había solución ni vuelta atrás. Era una estocada definitiva. Además, provocaba una respiración ahogada y ronca que a XXX le agradaba porque la víctima sabía que algo va muy mal. El sonido era alarmante. Te obligaba a aceptar que te ibas a morir cinco minutos antes de que tu corazón deje de latir, una agonía en toda regla. No resultó una muerte suave.

XXX fue el responsable de revelar al público quién era realmente Richi García. Su muerte fue su trampolín al estrellato, porque con la desaparición de Richi se acabó el recelo de los jefes. XXX se convirtió en el niño bonito de Anabel. Estrenó su silla en el plató contando en directo los cruentos detalles de la muerte del periodista maltratador.

7

La razón por la que orienté mi carrera a trabajar en *De buena mañana con Anabel* es que la presentadora es una de las personas más poderosas en el mundo de la televisión. Su red de amistades, contactos y socios se extiende más allá del periodismo. Anabel conoce a todo el mundo, su agenda no tiene fin y rara es la vez que no saca a relucir el poderío que tiene en Madrid, aunque sea en cosas tan sencillas pero tan la hostia como que no tiene que reservar en ningún lado porque siempre hay una mesa para ella. Estuviera lleno o no.

Otro ejemplo que me parece representativo de su incomparable talento es cómo manejó la implicación de su marido en una trama de corrupción urbanística y de espionaje industrial. La noticia apareció en un medio de comunicación, en uno solo nada más, y a las dos horas ya lo habían borrado. No hay caché ni hemeroteca que lo recupere. Se rumorea que la causa fue sobreseída gracias a las conexiones de Anabel con el poder político.

Recuerdo que una vez me invitó a acompañarla a un evento de una empresa de inversiones para millonarios. Fue poco después de lo de Richi y de haberme incorporado a la plantilla de tertulianos; ya había dado la exclusiva de varios homicidios, con un estilo y un grado de detalle inéditos en la televisión nacional. Me convertí en la sensación del momento y mi jefa quería exhibirme. Yo era su nueva mascota, su descubrimiento. Me presentaba y a continuación soltaba: «Le he estado enseñando todo lo que sabe, ya está listo para triunfar», y luego me apretaba un moflete, como si realmente fuera mérito suyo que yo supiera los pormenores de los asesinatos y que los revelara en el programa. En mi sector, y en la televisión en especial, abundan los jefes a los que les encanta colgarse la medalla, atribuirse todos y cada uno de los éxitos e ideas brillantes de los cientos de personas que trabajan en un programa.

Así que allí estaba yo, en un cóctel en uno de los edificios con más solera de la ciudad, del brazo de la presentadora reina de las mañanas, saludando a gente engominada y haciendo una lista mental de cómo me cargaría a cada uno. Cuando entras en ciertos círculos por primera vez el *feedback* automático que recibes es una mirada de desprecio, porque no hueles a dinero, no llevas ropa cara, no te han visto por sus ambientes, así que no eres digno ni de su tiempo ni de su atención. Daba igual que fuera de acompañante de una de los suyos: era el elemento extraño de ese lugar. Pero, ay, amigo, en cuanto se menciona que sales por la tele la mirada de desprecio se esfuma para siempre. El ser humano es así de hipócrita.

En un evento así, donde hay gente con mucho dinero y personas que quieren hacerse con ese dinero, se estrechan manos y se regalan sonrisas amplísimas. La idea fundamental de esa clase de encuentros es que se propicie la circulación de relaciones para que también circule el dinero. Cuesta imaginar la magnitud de la codicia de los ricos y de la codicia aún mayor de los que aspiran a serlo. Sin embargo, *a priori* a nadie se le notaba que fueran personas despreciables, tienen ensayada la pose. El único que tenía la mirada limpia era yo. Detectaba quiénes eran qué en ese gran salón de techos altos y con vistas a la Gran Vía; perro no come perro, pero sith sí mata sith.

Mi jefa me confesó que tenía que mover un millón de euros de procedencia difícilmente justificable. Lo complicado de la operación era que Hacienda no se diera cuenta de dónde salía ese dinero: «Por eso tengo que elegir bien con quién lo hago. No vaya a ser una cagada tan grande como un pan gallego». Anabel era todo campechanía cuando quería.

Fuimos pasando de corrillo en corrillo con la copa de vino en la mano. Ella ofrecía la mercancía en un lenguaje en clave que yo no había escuchado en la vida. Si soy sincero, he de reconocer que al cuarto corrillo ya estaba un poco alegre porque el ritmo de reposición de las copas de vino era trepidante. Huelga decir que no perdí la compostura, porque soy un profesional y porque mi jefa me había llevado para romper el hielo, así que tenía todas las miradas encima. «Mirad a quién os traigo. Una nueva estrella de mi firmamento».

«Mi firmamento», eso se me quedó grabado.

Y todos asentían, por pelotear o porque realmente se creían lo que dijera la señora. Estuvimos un rato largo allí, pero mi jefa no encontraba lo que quería, ninguno le valía y las recomendaciones que le habían dado no terminaban de gustarle. Decidió que era hora de marcharse.

—Niño, aquí solo hay imitadores de Mario Conde.

—Nos vamos cuando digas.

—¿Te lo estás pasando bien?

—El vino está bien.

—Pues acaba la copa que nos vamos. Me apetece tomarme un Larios en el Palomo.

Sí, mi jefa, que vendía glamour y calidad de vida, bebía Larios porque leyó una vez que la reina de Inglaterra también lo hacía. Decía que ese alcohol es el que mejor conserva. Obviamente conocía el Palomo porque era un punto de encuentro de la profesión, aunque no de su estatus.

—Pero espera, ¿ese que acabo de ver no es tu amigo Sergio?

No me extrañó que Sergio estuviera allí, desde que había dejado el periodismo *freelance* se movía como pez en el agua en los ambientes más insólitos y exclusivos; lo que me sorprendió fue que Anabel recordara su nombre. Fuimos hasta él.

—Hombre, Sergio, qué bien ver una cara conocida —le saludé yo con un exceso de entusiasmo que no pasó desapercibido a mi jefa.

—Bueno, XXX, si tan terrible ha sido venir conmigo y ver un poco de mundo, no volveré a traerte.

Sergio, ¿no te parece que tu amigo es un poco descarado?

Antes de que Sergio tuviera tiempo de abrir la boca, apareció un maromo que no pegaba mucho en aquel lugar e interrumpió la conversación.

—Sergio, qué bien acompañado estás, ¿no me vas a presentar? —El cachitas trataba de contener el tono desafiante y chulesco sin éxito, lo cual me hizo sospechar que Sergio le debía de caer peor que mal.

—Por supuesto —respondió Sergio redoblando la cortesía para ridiculizar al matón de traje apretado—. Aitor Engolado, ella es Anabel González, la reina de las mañanas, que no necesita presentación, y mi amigo XXX, que ahora es parte del universo de Anabel.

El pelota de Sergio parecía haber escuchado lo que había dicho mi jefa antes, pero obtuvo el resultado deseado. Anabel lo miraba encandilada y el *gym-bro* estaba que se subía por las paredes a saber por qué. Me dije que tenía que preguntarle a Sergio qué onda, pero alargamos la noche en el Palomo y se me olvidó.

Desde mi primer sarao en esos ambientes, tuve claro que ese era el hábitat natural de Sergio, igual que el mío era el plató de televisión.

XX

Madrid, jueves 18 de abril de 2019

Sergio sonrió contento, el plan del domingo era redondo. Tenía entradas de palco para XXX y para él, y se jugaba ni más ni menos que el derbi Riviera-Vanguardia, lo cual le ponía en bandeja tomarle el pelo a su amigo del alma, antirrivierista acérrimo y vanguardista de corazón, que no podría despotricar fuera como fuera el partido.

Inevitablemente, pensó en lo distinto que había sido su periplo para conocer a Valentino.

Sergio entrevistó a todos los protagonistas del Riviera que habían jugado y ganado el partido de la final de la

Champions 2004-2005 contra el Frankfurter en Moscú. Solo le quedaba el presidente, pero ya le habían dicho por activa y por pasiva que Valentino no atendía a ningún medio porque los consideraba casta y enemigos del club, porque despreciaba a todos y cada uno de los periodistas que se le acercaban. Ni siquiera se detenía a soltarles un no, simplemente les ignoraba, como si fueran inferiores. La única excepción tenía lugar en las esperas de los aeropuertos, donde alguna vez montaba tertulia con uno o dos periodistas del único medio que toleraba. Valentino odiaba a la prensa.

Sergio sabía todo eso y le hacía gracia. Le motivaba, porque era joven y ambicioso, aunque sus miras no se limitaban necesariamente ni al periodismo ni al mundo del fútbol. Él quería ascender y sabía que para eso debía superar las expectativas de quienes le podían brindar las oportunidades. Tenía a su favor que Valentino no sería la primera persona a la que hacía cambiar de parecer; Sergio caía bien a todo el mundo, contaba con su don de gentes como arma secreta infalible. No se le iba a escapar el presidente de los flamantes campeones de Europa. Estaba decidido a apuntarse ese tanto con su jefe y por eso había planeado algo arriesgado con la colaboración de alguien de dentro.

Joaquín, uno de los utilleros del Riviera, era conocido de Sergio de su barrio. Seguían coincidiendo los días de Nochebuena tomando cañas en el bar de toda la vida, tenían buen rollo. El joven periodista le había pedido hacerle una entrevista. Aunque no metiera goles ni fuera de la plantilla que salía en los cromos ni en el *Gol*, Sergio sabía de la importancia de esa gente que trabajaba para que todo fuera bien. Y también sabía que nunca se hablaba de ellos. Por eso quería entrevistarle. Por eso y porque le llevaría al presidente.

Joaquín iba a provocar una situación en la que el presidente no se podría escabullir. Durante la entrevista, el utillero cogería del brazo a Valentino cuando pasara a su lado, le diría lo bueno que era y lo agradecido que estaba por todo lo que había hecho por él. Con esa cuña, Sergio podría meter el micro.

El plan salió perfecto. Sergio entrevistó al utillero y al presidente juntos. Cuando devolvió la conexión, agradeció a su vecino y a Valentino que le hubieran atendido.

Valentino le estrechó la mano.

—Buena jugada, Sergio, buena jugada.

—¿Qué jugada? No ha sido ninguna jugada.

—Vamos a pensar que sí. —Valentino le dio una

torta «cariñosa», aunque en realidad fue contundente y estaba envenenada.

—Bueno, presi, qué bien que he podido hablar con usted. Y me alegra que sepa mi nombre.

—Sé el nombre de todos los hijos de puta que nos seguís de un lado a otro en esas «comitivas de prensa». Tú acabas de pasar a encabezar el ranking de los más peligrosos.

Valentino se alejó bañado en flashes mientras Sergio se quedaba de brazos caídos, sosteniendo el micro. El miedo se había apoderado de él. Por primera vez, supo lo que era una amenaza con guante de seda.

Durante el vuelo de regreso a Madrid, Sergio siguió dándole vueltas a la corta conversación. Consultó a los periodistas veteranos y todos coincidieron: estaba en la lista negra. Le dieron la bienvenida.

«A partir de ahora vigila tu espalda, porque tal vez te apuñalen».

Risotada general, salvo Sergio, que presentía que se trataba de una amenaza real. El resto pensaba que solo había sido un intento de asustar al joven. La información deportiva, y más en concreto el fútbol, obligaba a los periodistas a desarrollar su instinto de supervivencia más rápido que los de otras disciplinas.

Sergio había descubierto a ese tipo de gente cuando comenzó las prácticas en tercero de carrera. Había aprendido a olerlos a distancia. Estaba empezando a moverse en círculos donde abundaban los depredadores disfrazados de abuelita de Caperucita. Valentino era uno de ellos. Decidió que lo más sensato sería andarse con cuidado y que quizá lo mejor sería potenciar sus relaciones fuera del fútbol. Por si acaso.

Una semana después de aquello, Sergio estaba tomando un café en una terraza de su barrio cuando vio a Joaquín, el utillero. Gritó su nombre para invitarle a tomar algo. El hombre se dio la vuelta y fue hacia la mesa en la que estaba Sergio.

—Me despidieron ayer —soltó Joaquín sin mediar saludo.

—¿Cómo? —Sergio estaba estupefacto.

—Pues que el club prescinde de mí después de casi veinticinco años currando. —Joaquín se cruzó de brazos, esperaba la respuesta de su vecino. No se sentó.

—No me jodas, tío. ¿Te han dado una razón?

—Pues me han dicho que saben lo que hago con las firmas de los jugadores, la falsificación para balones y lo de los favores... —En sus palabras había una confesión.

Joaquín se sacaba un sueldo extra falsificando en camisetas la firma de toda la plantilla. También lo hacía en balones, fotos, cromos..., lo que le pidieras. Tenía dominadas incluso las firmas de las leyendas del club, las de sus inicios. Joaquín era un fenómeno de la caligrafía. La época de las comuniones y también las Navidades eran su temporada alta. Hasta los jugadores y algunos directivos estaban en el ajo. Él cobraba la voluntad por la firma, nada más. Todo era de lo más inocente.

—Hijos de puta —espetó el utillero ultrajado por el despido.

Sergio se puso a pensar.

—Déjame que haga un par de llamadas, Joaquín. Creo que puedo ayudarte, esta tarde te digo algo.

—Gracias, Sergio.

—No me des las gracias todavía.

Joaquín se alejó más tranquilo, las palabras de Sergio le habían infundido esperanza. Aquel chaval era de los que cumplían. Y vaya que lo hizo; por la tarde, ya tenía la solución al problema. Joaquín lloraba cuando se lo dijo: sería el nuevo utillero de la selección española de fútbol.

De todas maneras, Sergio se sentía culpable, y un poco asustado. Aquel tipo no había perdido su trabajo por los autógrafos falsos de los que seguramente la directiva y hasta el último mono del equipo llevaban años al tanto. Valentino le había despedido por engañarle para la entrevista. Como Sergio no era más que un don nadie para él, no se molestó en llamar a su medio, atacó a Joaquín a modo de advertencia: «No te pases de listo, chaval».

Sergio lo supo según le vio la cara a Joaquín. Por eso pidió un par de favores a la federación. Se llevaba muy bien con el hijo del presidente, al que había conocido de bares. Deberle algo a las instituciones deportivas es casi peor que deberle algo a la mafia, pero tenía que arreglar aquello.

Nunca le cobraron la deuda porque encontraron al presidente de la federación en una situación incómoda que no podía salir a la luz, entre otras cosas porque estaba casado y había pocas instituciones más rancias y conservadoras que esa. Lo que no sabía el dirigente era que aquellas chicas tenían hermanos, y esos hermanos a su vez amigos, y de esos amigos siempre había alguno que conocía a Sergio, porque Sergio conocía a mucha gente en muchos sitios.

XXI

La sierra, viernes 19 de abril de 2019

En las montañas apenas quedaba nieve, pero la vista seguía siendo impresionante. El sol bañaba la terraza donde tenía lugar la reunión. Nadie prescindía de las gafas de sol ni de la copa de champán. Parecía una quedada de amigos, un fin de semana «sin parejas», pero ni era fin de semana ni eran amigos, eran socios nada más.

—¿Cómo va el tema de Valentino? —dijo Gatsby mirando al ayudante que siempre estaba de pie.

—Según me ha dicho Sergio, todo va como debe. —A Aitor le sabía la boca a hierro cada vez que pronunciaba ese nombre.

—Me gusta Sergio —dijo la rubia.

—Y a mí —secundó el que se parecía a la rubia.

«Ya estamos otra vez», pensó Aitor, que no pudo disimular su hartazgo. Su temperamento sumado a sus limitaciones le impidieron frenar la boca.

—Ya estamos otra vez... —masculló Aitor con rabia.

—¿Perdona? —se volvió uno de los más jóvenes de la mesa.

Aitor se dio cuenta del error.

—Perdón.

—No, no, Aitor. Ya estamos otra vez. ¿Nos puedes decir qué hacemos? —Gatsby tenía fuego en los ojos.

Aitor Engolado se armó de valor, o sus escasas luces no le impidieron ver el peligro que estaba invocando, y se lanzó a tumba abierta a decir lo que pensaba.

—Creo que sobrevaloráis a Sergio.

La mesa entera le miraba, todos ojipláticos. Allí solo estaban reunidas las diez personas que conformaban la cúpula, pero la organización era críptica y contaba con un complejo sistema de jerarquías que se ocupaba de coordinar las unidades de trabajadores que hacían que aquello funcionase. La cúpula coincidía en que Sergio posiblemente fuera una de las piezas que mejor rendía y que más cariño despertaba.

—¿En qué sentido sobrevaloramos a Sergio, querido Engolado? Ilústranos —espetó alguien que parecía un *cosplay* de Anabel González, la jefa de XXX.

—Los servicios que os proporciona los podría hacer otra persona. Alguien que también sepa moverse en vuestros ambientes, que conozca a todo el mundo y que se haya criado junto a ellos. —Le faltó señalarse para dejarlo más claro.

—¿Te postulas para el trabajo? —preguntó Gatsby con sorna.

Aitor Engolado se cuadró como si estuviera en el ejército y el que hablase fuese el comandante.

—Por supuesto.

Todos se echaron a reír y Gatsby levantó una mano para hacerlos callar y pedir la palabra.

—Perdonad a Aitor. —Le señaló con condescendencia.

Asintieron en silencio y dejaron de mirarle.

—Cuando XXX elimine a Valentino, deberíamos centrarnos en estudiar el siguiente frente de discordia.

—¿Y cuál es según tú? —preguntó el que nunca levantaba la mirada del móvil durante sus encuentros, aunque sí lo hizo para formular esa pregunta.

—En mi opinión, el campechano se está saliendo del carril —respondió Gatsby—. Mis contactos en Oriente Próximo me dicen que quiere mover dinero de allí y llevárselo a Suiza para no sé qué de su hija. Y algo también de una amante. No me preguntéis cuál. Cuando me empezaron a explicar que era para un divorcio, dejé de escuchar.

Otra vez rieron todos, Gatsby también.

—Lo que sí que parece claro es que puede hablar en cualquier momento y eso no lo podemos permitir.

—Toda la razón, Gatsby —respaldó el canoso.

—Pues esperemos a resolver el tema prioritario antes de ponernos con este asunto, que es delicado y exigirá toda nuestra atención. —Gatsby se volvió hacia Engolado y dijo—: Aitor, mantennos informados del tema Valentino, por favor.

—Por supuesto.

Aitor entró en el enorme salón de madera de la casa de montaña sin dejar de apretar los dientes. No paraba de visualizar maneras de eliminar a Sergio. De momento le había puesto seguimiento para tenerle controlado. No quería que se le escapase. Sergio era lo suficientemente listo como para detectarlo. Debían ser discretos porque, si no, su plan se iría a la mierda.

8

Os voy a contar una interioridad de mi trabajo en televisión: cada vez que hay un invitado famoso, el plató tiene un ambiente especial. Se llena de gente que realmente quiere estar allí, no de figurantes que cobran cincuenta euros y un bocata; no, vienen personas de fuera porque realmente les interesa lo que pueden contar esos famosos en el programa. También aparecen jefes, que son los que deciden ascensos, renovaciones, contratos y demás. Eso provoca que los que salimos en el programa encaremos el día en cuestión de otra manera, nos da un plus de adrenalina. No es lo mismo cagarla delante de un profesional del aplauso que delante de una persona que puede ser tu fan; o de una persona que te odia pero que cambia de opinión al verte en directo; o de una persona que te puede echar a la calle. Esos días llenos de posibilidades nos los brinda la visita de un cantante famoso, una actriz, un político en campaña o, como en este caso que os voy a contar, un juez mediático.

El magistrado García Valencia se había convertido en una celebridad en nuestro país hacía un año. Él fue quien dirigió la investigación contra el exministro José Luis Evelos. Estuvo al frente del proceso hasta que el exministro decidió cenar más de doscientas pastillas de una tacada. Huelga decir que murió un par de horas después. Vaya por delante que yo no tuve nada que ver, fue un suicidio. Supuestamente. Y voy a repetir «supuestamente» porque Evelos había sido un admirado prohombre hasta que le imputaron en una trama de abuso de menores y tráfico de pornografía infantil y cayó en desgracia.

Mi amigo Sergio siempre defendía que el ministro Evelos era una buena persona y que su suicidio le parecía un montaje. A mí aquello siempre me olió raro, no lo voy a negar, pero tampoco lo investigué porque en ese momento tenía otro caso y de Evelos no sabía nada de primera mano, así que no tenía exclusivas para mi público. Sin embargo, mi jefa invitó al juez del caso del exministro Evelos para hablar del fatídico desenlace de la investigación. Ya habían pasado bastantes meses y García Valencia ya estaba con otra historia. Tras el fallecimiento de Evelos, el caso se había cerrado y archivado, así que García Valencia podía hacer lo segundo que más le gustaba en el mundo, que era salir por la tele. Lo primero, curiosamente, era drogarse mientras hacía castings para su red de trata de blancas.

¿Os sorprende que alguien tan (repito aquí otra vez la palabra) «supuestamente» íntegro sea tan hijo de mil puteros? Quiero sacaros del mundo de fantasía en el que vivís. Estamos en una sociedad llena de cabrones pervertidos que cuando tienen algo de poder lo usan para saciar sus vicios.

¿Que cómo me enteré de todo? Pues en la barra del Palomo, el juez solía ir a tomar algo de vez en cuando y al final allí se cotillea y se habla de los demás, como en todas partes, pero con perfiles y asiduos más interesantes. Además, aunque Madrid es una gran ciudad, no deja de ser un pueblo donde todo se sabe.

Así que allí estaba yo, un asesino vocacional y a sueldo, entrevistando en *De buena mañana con Anabel* al juez García Valencia, un pederasta que había dirigido una operación policial contra un ministro supuestamente pederasta y suicida. Era la primera vez que me llevaban a mi próxima víctima de la lista personal al trabajo. Como es obvio (que hay que decirlo todo), no me lo cargué en el plató delante del público, mi jefa y toda España. Hubiera sido divertido e histórico, un bombazo televisivo, una fantasía, pero irrealizable porque hubiera supuesto el fin de mi carrera.

En cambio, que ese juez apareciera muerto en uno de los camerinos, víctima de un infarto, me daba dos meses de repercusión y también me proporcionaría la palanca que necesitaba para pedir más dinero en la próxima renovación. A mi jefa le iba a encantar tener un muerto en los estudios del canal. Tendría que buscar pruebas para terminar de implicarle en lo de la pederastia, pero no sería caro. Luego, un sobre anónimo a la policía y listo. Todo eran ventajas.

Cuando terminó la entrevista, y con ella, el programa, mi jefa y yo acompañamos al juez al camerino para que le quitaran el pote de la cara. Normalmente, a la mayoría de los presentadores nos maquillan en una sala común enorme (salvo que seas lo bastante importante para tener camerino privado y que vayan allí), pero a los invitados se les maquilla en el camerino de las visitas para que tengan algo de intimidad y para no se pongan más nerviosos antes de salir al plató.

Mientras Rosita, que así se llama la jefa de maquillaje, trabajaba, Anabel y yo comentábamos lo bien que había ido todo. Inflábamos su ego sin cortarnos, como hacíamos siempre que queríamos garantizarnos que un invitado volviera. García Valencia estaba encantado de la vida, le gustaba la televisión y estaba convencido de que el programa de Anabel podía ser el escaparate que necesitaba. Se rumoreaba que estaba pensando en dejar la toga y abrazar una carrera política con el partido que le dirigía en la sombra. Primero una concejalía, luego diputado y, si hacía bien la pelota, ministro. García Valencia lo tenía todo planeado, esa entrevista no era más que el primer paso.

Cuando Rosita acabó su trabajo, el juez se levantó de la silla de maquillaje y yo le alcancé un vaso con el refresco que me había pedido. Daba la casualidad de que en ese vaso alguien (yo) había derramado un líquido transparente, sin olor ni sabor, capaz de provocar la muerte en apenas dos minutos. Una de las ventajas de este veneno es que desaparece del organismo a las pocas horas. Cuando le hicieron la autopsia, no hallaron ninguna sustancia sospechosa.

(Por saciar tu curiosidad, ese producto no se vende en tiendas ni tampoco lo puede adquirir todo el mundo. Solo los profesionales. Si te quieres cargar a alguien, mejor que me llames a mí. Personalmente, prefiero quitar la vida con mis manos o con un arma, si es posible, pero últimamente le estoy cogiendo el gusto a matar con pócimas).

El juez García Valencia se bebió el refresco de un trago; tenía sed de tanto hablar. Luego siguió dándonos la chapa con el caso que le tenía ocupado en ese momento hasta que empezó a carraspear. Se aflojó la corbata buscando aire, estaba acalorado, algo le pasaba, pero ni Anabel ni yo nos dimos cuenta (mentira). Cuando el sofoco fue a más, disimulamos por educación. No era la primera persona que veíamos en circunstancias parecidas, los síntomas parecían los mismos de haberse pasado con la coca. A lo que no estaba acostumbrada mi jefa era a ver desplomarse a un hombre de más de cien kilos. Cuando lo coloqué bocarriba, jadeaba tratando de respirar. Anabel salió corriendo del camerino en busca de ayuda y me dejó a solas con el futuro fallecido.

Mientras él boqueaba y yo preparaba mi coartada desabrochándole la camisa para «hacerle» un masaje cardiaco, hice algo de lo que me siento muy orgulloso. Me acerqué al oído y le susurré: «Vas a morir, cabrón». Abrió los ojos a todo lo que le dieron los párpados justo antes de cerrarlos para siempre. Un último grito ahogado y hasta luego.

El juez García Valencia murió en mis brazos en el camerino catorce de la tele. Anabel me encontró llorando sobre el cuerpo sin vida del magistrado. No se lo podía creer. Yo tampoco: la jugada había salido mejor de lo que había planeado. Estuve un mes pensando en todas las posibilidades que me ofrecía la visita de García Valencia y no podía estar más satisfecho ni orgulloso de mi buen juicio.

Anabel se encargó de todo: habló con la policía, con los médicos, fue la portavoz de la familia del juez y la mía también. Menuda es ella. Era una oportunidad magnífica para estar omnipresente, para que su nombre sonase más allá de las mañanas y de Telepronto. Fama necesita fama. El ego te está siempre pidiendo comida y Anabel sabe que mantener su estatus requiere de mucha exposición y darle al público lo que desee.

Por supuesto, yo también saqué beneficio. Jugué el papel del héroe que no pudo salvar a la víctima, y luego el rol del que destapa que el muerto era un auténtico malnacido. Anabel me felicitó en directo y en privado y me subió el sueldo de nuevo. Me hizo firmar un contrato de larga duración con la cadena, con una seguidilla de bonus para que no se me ocurriera cambiar de aires. Yo firmé encantado. Si hubiera querido, podría haber dejado de matar. Una persona normal en esos casos lo hubiera hecho. Pero, primero, no soy una persona normal; segundo, hay que ser prácticos, no tendría temas para la tele, y tercero, ¿por qué iba a dejar de cargarme a gente si es lo que más me gusta en el mundo?

XXII

Madrid, domingo 21 de abril de 2019

El abuelo de XXX fue un rivierista acérrimo, y que su nieto no fuera forofo del mismo equipo que él le supuso un disgusto gordo. Lo intentó absolutamente todo: desde regalos como camisetas y bufandas hasta chantajes económicos y/o emocionales. El proceso de reconversión fue inútil; sin embargo, decidió, desde el cariño, hacerle sufrir. Siempre que podía, le llevaba al estadio. En realidad, no era para molestarle, sino para pasar más tiempo con él; el médico le había comunicado que lo suyo no tenía cura, y por eso, durante sus últimos seis meses, fueron al campo casi todos los domingos que el Riviera jugaba en casa. Siempre que XXX pasa por delante del estadio o hablan del Riviera se acordaba de su abuelo. Era uno de los escasos sentimentalismos que se permitía.

XXX iba en el taxi con Sergio. El jueves su amigo le había llamado para confirmarle que tenían entradas para el palco en el derbi. La llamada llegó justo cuando XXX se estaba poniendo nervioso por la falta de novedades y avances: necesitaba conocer a Valentino para poder acercarse a él. Ganar esa proximidad hubiera sido una misión imposible para alguien corriente, pero Sergio no lo era y XXX tampoco. Les tocaba disimular porque no era una visita de ocio, era de trabajo y debían interpretar los papeles del amigo famoso y el poderoso yendo al fútbol. XXX tenía entre manos el encargo más ambicioso y complejo hasta la fecha, pero debía limitarse a tomar notas mentales, que serían muchas porque el trabajo lo requería, y a la vez mostrarse distendido y distante, que era lo que esperaba la gente de una estrella de la tele.

—No te separes de mí, que te voy a presentar a todo el mundo —ordenó Sergio mientras se bajaba del taxi.

—Claro, eres mi guía. —XXX sonreía sin disimular la sorna de su comentario.

—No, gilipollas, que nos conocemos, que te

aburre el tema o la momia que te presento y te vas a pajarear a otro lado. Hoy pegadito a mí —insistió Sergio.

—Que sí, joder, que estamos trabajando —resopló XXX.

—Sí, pero ya verás que el palco del Riviera es un sitio extraño. Me atrevería decir que no has estado en ningún lugar parecido. Y desde luego no te has cargado a nadie parecido —aseveró Sergio, que intuía que su amigo se estaba tomando lo suficientemente en serio a los personajes que estaba a punto de conocer.

Lo cierto era que XXX nunca había tenido como objetivo a alguien tan poderoso. Alguna millonaria, algún político local, pero nadie comparable ni de lejos. Habían dedicado el día anterior en su totalidad a analizar a la víctima. Sergio había llegado con el desayuno y habían terminado cenando, botella de vino mediante, centrados en las lecciones para conocer a Valentino de verdad, mucho más allá de Wikipedia y de los suplementos de economía o los diarios deportivas. Sergio le explicó a XXX cómo Valentino, usando el club como herramienta, consiguió crear una red que beneficiaba a sus empresas de construcción no solo en España, sino en todo el mundo. Si fichaba a un jugador de un país, la casualidad hacía que VRS (la empresa matriz propiedad de Valentino que se dedicaba a la construcción de infraestructuras y obra pública) comenzase una obra faraónica.

De propina, el equipo jugaba un par de amistosos allí y el club ingresaba unos millones. Las relaciones de Valentino con poderosos de todo el mundo, gracias a la excusa del fútbol, le habían granjeado beneficios no solo económicos. Alentaba la corrupción de los políticos mediante pelotazos urbanísticos sin importar el territorio o el país. Si Valentino quería, se llevaba a cabo. Las autoridades policiales no se atrevían a tocarle. Aunque hubiera pruebas, el mero intento de que se hiciera justicia podía provocar la caída de un juez o un comisario. ¿Cómo lo hacía? Nadie tenía la explicación exacta, pero Valentino Ruigémez controlaba a quienes controlaban las instituciones. Los jueces iban al palco, los fiscales iban al palco, los ministros iban al palco… Allí se cambiaban las leyes. Hubo un proyecto de ley antifraude que afectaba directamente al club y a sus negocios. ¿Qué pasó? Pues que Valentino presionó a los autores de dicho proyecto y las cláusulas que podían afectar al Riviera desaparecieron discretamente. Protestó medio país, pero la ley (modificada) salió adelante. Y además de todo esto, era uno de los millonarios más poderosos del mundo.

El objetivo de XXX ejercía un control dictatorial sobre los medios de comunicación, había puesto y quitado directores de periódicos a su capricho, había hundido la carrera de varios periodistas que no le bailaban el agua. Valentino incluso consiguió cargarse a un locutor de radio cuando ni siquiera era presidente, mientras estaba de asueto del cargo. Había cambiado a presentadores de informativos porque no le parecían lo suficiente rivieristas. Hasta hacía tres semanas, las tramas de corrupción en las que estaba implicado siempre acababan silenciadas en los medios o se hablaba de ellas de refilón y sin mencionar su nombre. O directamente el silencio era el protagonista, por eso el ataque de Anabel González, la jefa de XXX, había tenido tanto éxito. Con ella no se había atrevido a tirar de sus hilos, porque compartían algunos círculos e intuía que un día la necesitaría como aliada. A ojos de alguien que no conociese cómo funciona el mundo, es decir, el 97 por ciento de la población, Valentino Ruigémez era lo más parecido a Dios en la Tierra. Sin embargo, no era más que un villano consciente del poder que atesoraba, con la capacidad de transformar la información en propaganda a su antojo.

El día anterior, mientras hablaban y Sergio le desglosaba las escabechinas de Valentino en el sector de la información, XXX sintió un instante de sugestión por el objetivo de su próximo encargo y las consecuencias que tendría en los equilibrios de poder y quién sabía si en su futuro como periodista. El sentido de la responsabilidad y las repercusiones de sus actos no eran cuestiones que ocuparan un puesto muy alto en las preocupaciones de XXX. No se consideraba un héroe ni un Robin Hood urbano, pero desde luego tampoco creía que fuera el demonio. Quizá por eso XXX era tan bueno, por su indiferencia. Su serenidad no tenía que ver con el control milimétrico que ejercía sobre su cuerpo: no se ponía nervioso porque, en el fondo, era un inconsciente. Talentoso pero inconsciente. Los valientes son inconscientes que no saben que lo que son. Era posible que XXX lo supiera, pero le daba igual.

Mientras los dos amigos caminaban entre la gente, XXX repasaba mentalmente todo lo que Sergio le había contado sobre Valentino, trataba de recordar los detalles importantes para no meter la pata, pero su tendencia natural al relajamiento pulverizaba su concentración y le hacía fijarse en el ambiente alrededor del estadio. Era curioso constatar que en torno a este tipo de edificaciones, como si fueran una iglesia, se congregaban toda clase de personas, no importaba su condición, origen, estudios o edad. A XXX le fascinaba que la pelotita blanca les uniera, que los dominase un instinto animal. Cómo un juego tan simple podía reunir a tanta gente tan diversa no tenía explicación, como lo de las religiones.

Atravesaron tres controles de seguridad para llegar al palco, sin contar el arco detector de metales, los guardias de seguridad con uniforme, los guardaespaldas vestidos de calle, las pistolas escondidas en las americanas y la gente instruida en la reducción de amenazas. Se zambulleron en un ambiente cargado de elementos ajenos a la protección: gomina, olor a colonia varonil, laca, mechas rubias, humo, zapatos castellanos, fachalecos, camareras jóvenes, risas engoladas, apretones de mano, suelos de mármol, camisas con las iniciales bordadas y dinero en el aire y en los bolsillos.

XXX detectó al instante una cosa más: las miradas despectivas, que juzgaban o vigilaban. No era la primera vez. Lo de llegar a los sitios y controlar las miradas era su *modus operandi*. Siempre lo hacía. Defecto profesional u obsesión personal. Control absoluto. Los ricos sabían cuándo los demás no lo eran, lo olían, y por supuesto que despreciaban a quienes no lo eran, tanto los millonarios de cuna como los nuevos ricos, que para lo que les convenía eran lo mismo. Huelga decir que, en un palco al que solo tenían acceso los poderosos, cualquier persona ajena cantaba por soleares.

—Hoy tenemos turistas —dijo uno en voz lo suficientemente alta para que lo oyeran.

XXX y Sergio eran turistas, aunque tenían algo que medio los disculpaba a ojos de esos engendros sociales: el primero salía por la tele y el segundo era un conocido relaciones públicas/conseguidor/comisionista, ese que ponía en contacto a los ricos para hacer negocios y tenía un currículo de aciertos incomparable. Sergio saludó a uno de los directivos del Riviera con un abrazo que parecía sincero, luego le presentó a XXX y se hicieron una foto los tres.

Los ricos dejaron de estar tensos, había sido una falsa alarma. Siempre les divertía hablar con un famoso. Para eso les daba igual la cuenta bancaria. Si podían, hasta se hacían un selfi con él para fardar en el club de golf el domingo. XXX se había aprovechado de eso muchas veces, en muchos lugares y con mucha gente distinta. Ser conocido le abría casi todas las puertas. La del palco se la había abierto Sergio, pero, una vez dentro, él se movía sin problemas. El plan de Sergio de ir presentándole poco a poco había saltado por los aires.

La altísima exposición y el alcance de la profesión de XXX (no el mero hecho de trabajar en la tele, sino en la tele por las mañanas) habían hecho que se le activara un radar para detectar cuándo le reconocían y actuar de una manera u otra, por el qué dirán. Era algo que siempre había utilizado en su beneficio: en cuanto notaba que había fans, pasaba cerca de donde estaban como quien no quería la cosa. Que le saludaran era su droga favorita, la fama alimentaba su ego. Le producía casi el mismo placer que matar. Casi.

Sergio veía a XXX moverse entre los ricos y le envidiaba. A él le costó mucho más tiempo estar tan suelto. Su estrategia para ponerse las cosas más fáciles consistía en asumir su rol de ser inferior para esa gente. Había que sobrevivir, y él siempre lo había hecho sin ascos ni aspavientos. De hecho, había ganado muchísimo dinero siendo la persona que hacía de enlace entre millonarios. Comisiones por llevar a ese a aquel sitio para que se encontrara con ese otro, o por sentar a una mesa a dos que se iban a necesitar antes de que ellos mismos lo supieran. Su trabajo consistía en ser más listo que los demás, en vivir un paso por delante, pero comportándose como un leal inferior. A veces fantaseaba con haber nacido en una familia de dinero y se preguntaba a dónde hubiera llegado. Los ricos defendían su posición y el *statu quo* como nadie, ningún niño pobre prosperaría sin su permiso. Sergio soñaba con ser uno de ellos hasta que conoció a sus jefes. Ahí se dio cuenta de que sus sueños eran eso: sueños. Todo el dinero que pudiera ganar nunca sería nada en comparación con las fortunas de aquellos entre quienes se movía como pez en el agua. Y del acceso al poder real, mejor ni hablar. Así funcionaban las cosas.

Cuando terminó la ronda de saludos, Sergio fue a rescatar a XXX, que estaba rodeado de tres matrimonios que le estaban fusilando a preguntas sobre los últimos casos que había destapado en la televisión. Estaba a diez pasos de él cuando se le cruzó la comitiva de Valentino. El presidente había reparado en la presencia de XXX en el palco porque, aunque normalmente allí había ruido, la escandalera que se había formado alrededor del rey del *true crime* español era algo fuera de lo común. Sergio aceleró el paso para estar junto a su amigo, quería presentarle a su víctima. Sin embargo, no hizo falta.

—Hola, soy Valentino Ruigémez, presidente del

Riviera. Bienvenido al palco. Soy muy fan de su programa. —Adelantó la mano hacia XXX, la novedad de la jornada.

—Oh, jamás me hubiera imaginado que usted nos veía. Me lo figuraba más leyendo los periódicos económicos o reunido con gente importante —dijo zalamero XXX, que sabía tratar a la gente y también explotar su cara de niño bonito que no había roto un plato en la vida. En esa ocasión, le sirvió para obviar que Valentino bien podía estar refiriéndose a que no había perdido detalle del despellejamiento sin piedad que había acometido Anabel en *prime time* matinal.

Valentino era un cotilla de manual y un verdadero amante de las conspiraciones políticas televisivas, por eso no se perdía ninguno de los programas en los que se hablase de esos temas. Incluso pagaba a su equipo para que le hicieran resúmenes de lo que se había dicho, si él no podía verlos.

—Hay tiempo para todo. Es solo cuestión de organizarse bien. —Sonrió el inesperado fan de XXX.

Sergio observaba la escena desde su segundo plano habitual y ratificaba la excelente elección de su amigo como ejecutor.

—Cuando quiera, puede venir a ver al plató. Sin entrevista ni nada, solo para participar de la experiencia del programa en directo —le ofreció XXX, que había interiorizado muchas de las tácticas de Anabel. «Si sales por la tele y te reconocen, hay que vender la moto siempre».

—No, no. No me atrevería. Me gusta demasiado y podría perder los papeles —exclamó Valentino y luego se echó a reír con fuerza—. Prefiero verlo en mi casa o en el despacho. —Su séquito y el resto de los que estaban en el corrillo rieron también y asintieron a continuación. El hombre más poderoso del país se mostraba cercano a XXX, como hacía siempre que le interesaba algo de la persona que tenía delante.

Aprovechando la distensión de las risas y los comentarios al oído de los presentes, Valentino cogió del brazo a XXX y se lo llevó a un aparte, fuera del corrillo.

—Oye, XXX, ¿te importa que desayunemos esta semana y hablamos más tranquilamente? Podemos quedar en mi despacho y charlamos sobre el programa y demás. Me encantaría.

—Claro, sin problema. Esta semana tengo varias mañanas libres. No tenemos novedades en el caso del taxista y el especial de la semana es sobre las damas de la copla y sus amores. —XXX se lo contó como si fuera un secreto aunque llevaban un mes anunciándolo—. Yo no participo porque a mí me van otras interioridades y perversiones. —A XXX le hacía gracia y le sorprendía que el público quisiera saber a quién se follaba una tonadillera mientras estaba casada con un torero homosexual. Los telespectadores eran un misterio insondable, pero ellos mandaban.

—Pues es un tema muy bueno. Poco me parece una semana —dijo Valentino como si los desamores, follamigos y cuernos de las coplistas fueran de interés mundial.

—Mi jefa elige bien. —XXX sabía que, para los fans del programa, Anabel era lo más parecido a una diosa del Olimpo, así que siempre hablaba bien de ella, aunque fuese una malísima persona. En ese caso, tenía el agravante de las acusaciones que su jefa había vertido hacia el presidente del Riviera.

—De tu jefa también quiero hablarte. Pero lo dejamos para nuestra cita. Carvaleso, el miércoles por la mañana ¿cómo lo tenemos? —preguntó a su asistente calvo con cuerpo de maratoniano.

—No hay nada planificado, presidente —respondió el siervo sin pestañear.

—Pues apunta que desayunamos XXX y yo en mi despacho a las diez. Te mandamos un coche,

¿vale, XXX? —El presidente había usado la interrogación por mero formulismo, iba a mandar el coche de todos modos. Él las cosas las hacía a su manera.

XXX se dio cuenta.

—Por supuesto. Tenemos una cita, presidente —confirmó XXX con una sonrisa.

—Dale tu dirección a Carvaleso y nos vemos el miércoles, estrella.

Valentino se despidió de XXX con el típico apretón de manos que se dan los amigos, seguido de un abrazo. Sergio observó cómo se despedían.

«El cabrón ya se lo ha ganado», pensó.

—Creo que ha ido bien. El miércoles, si puedo, remato. —XXX había llegado al lado de Sergio en segundos y hablaba claramente presa del entusiasmo—. ¿Aquí sirven copas?

—Claro. También hay un catering. Ha sido una aproximación magnífica, mis *dieses* —felicitó Sergio.

—Pues vamos a pedir un copazo y a ver si pierden, que yo voy con los de rayas. —Eso último lo dijo en bajito.

XXIII

Madrid, domingo 21 de abril de 2019

Carvaleso iba detrás de su presidente con las manos cruzadas a la espalda, atento a cualquier cosa que le pudiera decir, como siempre hacía.

—¿Por qué no me habéis avisado de que hoy venía XXX? —Valentino estaba enfadado.

—Algunas veces falla el protocolo, presidente.

—En el palco del Riviera no puede haber fallos. No está bien que venga alguien como XXX y yo no esté para recibirle.

—Lleva usted toda la razón. No volverá a pasar. —Carvaleso, complaciente, asumía el error como suyo.

—No, no va a volver a pasar —bramó Valentino—. Dile a la de protocolo que no vuelva.

—Ya sé que lo sabe, pero quiero recordarle que la encargada del protocolo es su hija, presidente.

—Pues por eso, dile que no vuelva, que es gilipollas. Total, le va a dar igual. Es tonta perdida. Dile que el despido es cosa tuya.

—Pero, presidente... —amagó con protestar Carvaleso.

—Ha sido cosa tuya —le cortó tajante Valentino—. Porque prefieres seguir teniendo trabajo tú en vez de ella, ¿no?

—Claro, presidente.

—Pues eso, Carvaleso, la despides tú —zanjó Valentino.

—Entendido, presidente. ¿Algo más?

Valentino abrió la puerta más cercana, entró rápido y Carvaleso le siguió sin dudar. Estaban en una de las salas donde se negociaban los contratos durante los partidos, no los de los jugadores, sino los de los empresarios que iban al palco para hacer negocios de verdad.

—Mira, Carvaleso, te tengo aprecio, me gusta cómo trabajas, pero últimamente te veo despistado —le reprendió Valentino en un tono inusitadamente afable.

—Lo lamento, presidente. Le prometo que no

volverá a suceder, a partir de ahora todo volverá a ser como siempre.

—¿Tienes problemas con tu mujer? ¿Los niños están bien? ¿Te falta dinero?

—No, no, todo va bien, de verdad. Es simplemente que no duermo bien.

—Pues tómate una pastilla antes de acostarte y listo.

—Gracias por el consejo.

—Muy bien. Tengo otro encargo más.

—Lo que sea.

—Tenemos que quitarnos de en medio a Meloso. Tiene demasiada influencia en el Gobierno. Le habla al oído al presidente y nos corta las alas.

—¿El procedimiento habitual?

—No, quiero que parezca natural. No quiero darles más mártires a los rojos de los cojones. —Valentino se encendía tanto con esas cuestiones que perdía las maneras.

—De acuerdo, así se hará.

Valentino se dirigió hacia la puerta.

—Carvaleso —dijo mientras abría la puerta—, olvida lo de mi hija. No la despidas.

El ayudante sonrió aliviado y pensó que su jefe en el fondo tenía corazón.

—Pero no te la folles en día de partido, que está agilipollada toda la tarde, anda.

Le dio dos palmaditas en la cara y salió de la sala. Carvaleso se quedó acariciándose esa cara de imbécil que lucía 24/7. Después de aquello, cogió el móvil y escribió un mensaje a un teléfono agendado como Primo Jaime, un tipo al que no había visto jamás y que funcionaba a las mil maravillas.

El texto era conciso. Un nombre y un apellido. Recibió un OK casi instantáneo. Carvaleso asintió con la cabeza y escribió otra palabra para cerrar el diálogo: «Natural».

XXX pensó que pagaban bien, pero que tenía que acordarse de cambiar de número. Su teléfono había circulado sin su control.

Mientras tanto, el partido se estaba jugando ya. El ruido de las gradas lo inundaba todo, hacía que las paredes vibraran, o al menos lo parecía. Sergio y XXX estaban completamente metidos en su papel de aficionados viendo un partido de fútbol.

Diario *La Nación*, 23 de abril de 2019

Manuel Meloso, asesor del presidente del Gobierno, falleció a los 51 años el pasado lunes 22 de abril mientras corría en la Casa de Campo. El periodista especializado en sucesos XXX, también considerado una celebridad televisiva, se encontraba por la zona haciendo deporte cuando Manuel Meloso sufrió el percance que acabaría con su vida.

Según el testimonio de XXX, el hombre se desplomó repentinamente mientras corría. El periodista no reconoció a Meloso hasta que llegó a su lado. XXX llamó al 112 y le practicó el masaje de reanimación hasta que llegó la ambulancia con el equipo de paramédicos, que no pudieron hacer nada para salvar la vida del político. Fuentes policiales corroboran la versión del periodista y señalan el infarto como la causa más probable a falta de los resultados definitivos de la autopsia.

Meloso había llegado a Madrid a primera hora de la mañana, tras un vuelo de más de once horas procedente de La Habana. Se especula que el asesor salió a correr por uno de los pulmones verdes de la capital española para evitar el *jet lag*.

La trayectoria de Manuel Meloso en la política siempre se ha considerado meteórica. Pasó de trabajar como periodista en medios como *La Nación* y la cadena ENTE a formar parte del Gobierno actual. Muchos opinaban que fue su habilidad para interpretar el panorama político nacional lo que le llevó a entablar relaciones muy beneficiosas para su carrera y para el Ejecutivo. No obstante, no cabe duda de que esa visión moderna y adelantada le granjeó una lista de conocidos enemigos en los medios de comunicación y en los círculos políticos y de poder no afines.

Se rumorea que Manuel Meloso fue el encargado de tumbar algunas propuestas urbanísticas lideradas por el presidente del Riviera, Valentino Ruigémez. Pese a esas tensiones, Meloso era un asiduo al palco del estadio del club blanco.

Dada la fortuita presencia de XXX en el lugar

del desgraciado accidente, no cabe ninguna duda de que tendremos oportunidad de conocer muchos más detalles en su sección en *De buena mañana con Anabel*.

9

Soy un tipo afortunado, lo admito. Haciendo lo que hago y con la asiduidad con la que lo hago, nunca he tenido problemas graves con la policía. Mi trabajo me cuesta. He entrenado para no dejar pruebas y me he obligado a mí mismo a ser muy disciplinado. En el mundillo, hay un dicho: «Solo hay dos tipos de asesinos: a los que han cogido y a los que van a coger». Yo soy de los segundos. No sé cuándo sucederá, solo espero que sea dentro de muchos años. Los veteranos recomiendan que cuando tengas dinero suficiente, te retires. Te compras una casa en la playa y a vivir. Es el paso lógico. Pero existe una diferencia con mis compañeros y compañeras de gremio: ellos trabajan para ganarse la vida y yo lo hago porque realmente me encanta matar a gente. Probablemente soy un psicópata, pero nunca he querido ir a un psicólogo para confirmarlo; prefiero protegerme y blindar la coartada que me da mi trabajo de periodista.

Yo sé que no me voy a retirar nunca. A lo mejor dejo de cobrar y de ir al Palomo a que me contraten, pero lo de cargarme a gente no lo dejo ni de coña. Es muy divertido. Me da unos subidones acojonantes y, a mi manera, hago justicia, porque mis víctimas suelen ser personas deleznables. Y no solo a mis ojos. Por otra parte, no tengo errores que lamentar. Admito que he tenido encargos de los que no me siento muy orgulloso, pero han sido pocos. Se cuentan con los dedos de una mano. Bueno, y con los de la otra también. Me los pagaron muy muy bien. Tengo la conciencia tranquilísima.

A lo largo de los años, me he ganado una merecida fama por mi eficiencia a la hora de no dejar pruebas. Sé que no gusta que sea tan limpio y metódico. No le gusta a mi competencia, claro, porque es un factor diferencial. Los que pagan no quieren jaleos ni flecos sueltos. No quieren ni un amago de que se les relacione con el cadáver. Yo les garantizo ese resultado casi al cien por cien. Sin embargo, también saben que, si yo hago el trabajo y considero que tiene un valor informativo (o un morbo sabroso), saldrá en la tele. Si no quieren que salga bajo ningún concepto, cobro un poco más. A la mayoría le es igual. Yo decido. Mientras que ellos queden al margen...

El pecado capital de la envidia ha sido la causa de mis pocas interacciones con los agentes de la ley. También ha tenido su papel la soberbia, porque soy un chulo importante. Me encanta poner en evidencia a los idiotas y resulta que muchos de los investigadores que han trabajado en mis asesinatos lo son, así que aprovecho para dejarlos retratados en televisión. Es posible que penséis que provocar a quienes me podrían meter en la cárcel es una estrategia algo estúpida. Totalmente de acuerdo, pero es superior a mis fuerzas. Y si encima el detective me cae mal, ya os podéis imaginar el número que monto.

Opero allá donde me llaman, así que no suelo coincidir con las mismas unidades de investigación de la policía. He repetido pocas veces de ubicación, pero donde quizá he trabajado más es en La Moraleja, porque hay mucho rico y hacen muchos negocios entre ellos con resultados variopintos. Han sido cuatro cadáveres en cinco años, todos ellos asesinados de diferentes maneras. No me gusta repetir, es la manera de evitar que la policía piense que hay un patrón. Lo único que les unía era que no había pruebas y que yo hablé de ellos en televisión. Ah, y que tenían dinero a espuertas y procesos judiciales abiertos. Los encargos, como suele ser habitual en este tipo de casos, fueron hechos por rivales empresariales, familia o gente que quería silencio.

Uno murió ahogado en la piscina; otro se resbaló al salir de la ducha y se dio un golpe en la cabeza; otro murió tras una paliza de una banda que entró a robar (fue muy divertido romper toda la casa con un par de socios), y el último decidió darle un beso a su escopeta de caza favorita justo el día antes de irse con unos amigos a una montería.

El de la escopeta era el que iba a declarar en un juicio por una trama de corrupción. La prensa dijo que estaba en una finca en Córdoba, pero en realidad fue en La Moraleja. Al parecer había muchos interesados en tapar que el fallecido tenía varias casas en Madrid. Más de uno temía que hallaran los documentos confidenciales que estaban solo en posesión del supuesto suicida. Los que me hicieron el encargo eran unos ratas. No querían pagarme el desplazamiento, las dietas y demás, porque se lo podían ahorrar con dos llamadas para hacer desaparecer de los medios ese nimio detalle de dónde había aparecido el cadáver. Lo que no me pidieron ni pagaron es que no lo comentase en televisión. Ellos me regatearon la tarifa, ¿no?, pues yo les lancé a los leones. Me tenían harto, ya me habían intentado chulear con la pasta cuando me cargué a la tía de Valencia en un hotel al lado del Congreso. Sí, también fui yo. Esa vez fui más sutil. El gin-tonic llevaba premio y la tortilla también, pero la policía no llegó a analizarla porque estaba intacta. ¿Quién iba a pensar en un envenenamiento con una sustancia que no deja rastro en el cuerpo pasadas tres horas, pero que en la comida dura quince?

Esos clientes me pagaron tarde las dos veces. Normalmente, el dinero llega casi en el momento en que el cuerpo deja de respirar, porque así los cabos sueltos desaparecen. Cuanto antes, mejor y menos sospechas, pero esos tipos como clientes son casi tan malos como políticos. Yo estaba radiante porque tenía la venganza servida: sabía que hablar del «suicidio» me iba a dar muchas horas en el programa. A mi jefa le iba a encantar aunque fuese en contra de los intereses de los suyos, pero era yo el que les tocaba las pelotas y la audiencia se la apuntaba ella. Era todo perfecto, como siempre.

Hasta que asignaron la investigación a la inspectora Rodríguez, de la Policía Nacional.

Este caso fue el primero en el que tuve miedo. No me pillaron. De hecho, no se acercaron ni remotamente a tener algo consistente para acusarme. No había pruebas. No podían ni citarme en los juzgados. Pero esa inteligencia morena intuyó que yo me había cargado al cazador. Y al de la ducha. Desconozco si llegó a investigar los otros dos muertos de La Moraleja más a fondo, pero no se le escapó que era mucha casualidad que el cazador y el de la ducha fueran del mismo partido. Tampoco sé si tiene en su lista a otras de mis víctimas y me está investigando ahora mismo. La única certeza es que ha sido y sigue siendo la persona que más cerca ha estado de desenmascararme, y me lo dijo a la cara. Admitió no tener pruebas (ni dudas) de que yo era el responsable de la muerte del supuesto suicida. Su mirada desprendía fuego cuando me dijo: «Sé que has sido tú y sé que no es la primera vez. No sé cómo, pero tú estás detrás».

No me explicó nada ni me dejó responder, se dio la vuelta y se fue. Era de noche y estábamos en la puerta de mi portal. Estuvo horas esperando a que saliera a la calle para decirme aquello. Fue la primera vez que tuve ese escalofrío aterrador del culpable que es señalado. La segunda fue cuando Sergio me dijo que sabía lo mío.

La inspectora Rodríguez no es gilipollas como el resto de sus compañeros a los que he chuleado sin despeinarme. Ella es diferente: es brillante y tiene olfato. Sabe de qué va esto, estudia y analiza los crímenes con ahínco. No le gusta la injusticia; si hay un delito, debe esclarecerse el culpable por encima de todo. Es agresiva, ha tenido que sobrevivir en un mundo machista y lleno de idiotas con placa que la han menospreciado por el mero hecho de tener vagina. Es valiente, le da igual quién sea la víctima o quién sea el que le pide que deje de investigar. Ella solo quiere la verdad.

Sí, me siento atraído por ella. Muchísimo. Cuando me dijo aquello en el portal, creo que me enamoré. Es tan inteligente como yo, y lo es mucho más que yo en otros aspectos. La admiro como profesional de lo suyo: es Wonder Woman metida a policía. Nuestra historia es imposible. Además, dudo que la atracción sea recíproca porque yo represento todo lo que ella odia. La cabrona me metió el miedo en el cuerpo con solo tres frases, a pesar de que yo sabía que no corría peligro. Fue la segunda conversación que habíamos mantenido. En la primera también habló solo ella: «¿Qué hace aquí el gilipollas de la tele?». En aquella ocasión, sonreí porque sabía que estaba molestando. Iba con un micro y con ganas de dejar en evidencia a la policía.

Normalmente, cuando voy a cubrir un asesinato, los investigadores responden a mis preguntas porque quieren sus quince minutos de fama. Van como una abeja en busca de miel. Se abren paso a codazos para llegar primero al micro. Lo que ignoran es que yo les voy a dejar en mal lugar (bueno, ahora que soy famoso muchos sí que lo saben, pero otros siguen cayendo). Me aprovecho de su vanidad. Son todos iguales, dominados por la soberbia que les da saber que tienen poder y que son la «autoridad». Debe ser complicado digerir todo eso y no perder la cabeza. A la inspectora Rodríguez lo de la tele le daba igual, y lo de hacer gala de su poder, también. Ella desprecia ambas cosas. Considera un mal endémico lo de que los policías quieran ser conocidos, y lo del poder le parece una debilidad. Ella no está para tener repercusión, está para ayudar. Una idealista.

Tras nuestro segundo encuentro, la investigación se cerró porque las evidencias decían que había sido un suicidio. Repito que soy muy bueno en lo mío y no dejo rastro. Fue sencillo sedar al banquero mientras me llevaba a su casa para tomarnos algo. Era fan mío. Nos habíamos encontrado de casualidad en el club de tenis donde jugaba y estuvimos toda la tarde hablando hasta que me invitó a su casa para continuar con la conversación más tranquilos. No hace falta decir que yo había estudiado de antemano el perfil de la víctima: sabía lo que le gustaba y lo que no. Tenía presente que el banquero no solía hacerle ascos a nada ni a nadie. Era lo que algunos considerarían un vicioso de manual. Por eso tenía varias casas en Madrid, así no se perdía la oportunidad de dar rienda suelta al vicio por no tener un lugar donde esconderse.

Me cargué a un cabrón, cobré por ello y durante un par de semanas me dediqué a regodearme en los aspectos más escabrosos de su vida profesional y privada. La policía me odiaba por ello. En cada caso que llevaba al programa los dejaba en ridículo, se preguntaban cómo cojones sabía todos los detalles. Sin embargo, a la inspectora Rodríguez le daba igual cómo sabía los detalles, ella se pregunta por qué sabía detalles que ni siquiera formaban parte de la investigación.

Esa pregunta fue la que la llevó a concluir que lo había hecho yo. En aquel momento, llevaba asesinando por encargo más de una década (trece años para ser exactos). Nunca ningún compañero de la inspectora Rodríguez se había planteado nada parecido. El asesino estaba delante de sus narices y todas las mañanas, en las pantallas de todos los hogares, pero nadie se había dado cuenta nunca. Solo ella. Pero es que yo soy muy bueno en lo mío, estudio mucho antes de matar. Lo importante del final es el camino, ¿no? ¿O es al revés?

Tras todo aquel jaleo, decidí estar un tiempo parado. No debía levantar sospechas, así que no acepté encargos durante casi diez meses. Mataba por gusto, y esos eran los casos que comentaba en el programa. Volví a mi vocación sin la perversión del dinero. A raíz del caso del banquero, convencí a mi jefa para hacer especiales de asesinatos célebres en nuestro país. Me compró la idea, así que, mientras hablaba del pasado y el ambiente se enfriaba un poco, logré no renunciar a nada: seguía matando por placer y justicia y alimentaba mi ego saliendo por la tele.

El repaso histórico supuso un buen momento para el programa. Buenos datos de audiencia. Picos cuando yo salía a hacer de profesor de historia. Aprovechando la ola, me propusieron escribir un libro. *Dosier negro* estuvo en el top diez de ventas durante todo un año. La policía dejó de estar enfadada conmigo. Tenían mucho trabajo desmantelando tramas de corrupción y otros asesinatos. Lo curioso es que, de la amenaza en un portal, saqué provecho. El miedo es el motor que mueve el mundo.

XXIV

Madrid, miércoles 24 de abril de 2019

La puntualidad es un rasgo bastante común entre las personas de ciencias. Máximo respeto al reloj y los horarios, cuadrículas mentales para los minutos y los segundos. El coche que había mandado el presidente del Riviera estaba en la puerta de casa de XXX un minuto antes de la cita. El mensaje había sido escueto: «El señor Ruigémez le espera a las diez de la mañana en su despacho. Un coche le recogerá a las 9.15». El tráfico en Madrid a esa hora era salvaje, por lo que atravesar la ciudad era una misión tediosa, más si el punto de partida era Ópera, en el centro.

La puerta se cerró y dentro no había ningún ruido. Aislamiento total. No era un coche normal, y no tenía nada que ver con que fuera de la línea de lujo de una marca alemana, con los asientos de cuero cosidos a mano y obscenamente espacioso. No era eso. XXX se dio cuenta de que los cristales eran a prueba de balas y de que el habitáculo estaba reforzado. Podrían tener un accidente y dar siete vueltas de campana, que no les pasaría nada. Si alguien decidiese descargar la munición de una ametralladora en la ventanilla del copiloto, nadie del interior terminaría herido. Era como ir dentro de un tanque, pero con minibar y chófer. El motor apenas sonaba y el exterior no existía. El silencio asfixiaba a XXX, que decidió ponerle fin hablando con el conductor.

El empleado del presidente del Riviera no estaba acostumbrado a charlar con sus pasajeros. El jefe se lo tenía prohibido, pero XXX no era como los demás. No era un clasista ni un millonario; no llevaba un traje de tres mil euros ni estaba a punto de cerrar un negocio inmobiliario. Solo iba a desayunar con el señor Ruigémez para hablar de cotilleos, de crímenes mediáticos y del mundillo de la tele. El chófer se relajó. Medía casi dos metros y debía de pesar más de cien kilos, parecía un esbirro de un malo de James Bond. El asesino se imaginó peleando con él en el jardín de una mansión. Por supuesto que ganaba la pelea, pero el chófer le había tenido contra las cuerdas. Sonrió y el conductor le preguntó por qué.

—Viendo este coche y viéndote a ti, me he imaginado que era James Bond y tú eras el esbirro del villano. —XXX se rio buscando complicidad.

—¡Ja, ja, ja! ¡Cómo sois los de la tele! No creo que me durases mucho —fanfarroneó el conductor.

«Conduce y protege. Y se chulea», pensó XXX.

—Seguro que no soy rival, por eso era una fantasía —dijo el asesino con falsa humildad—. Además, tu jefe no es un villano de peli, ¿verdad?

—Solo lo parece —soltó el chófer con socarronería.

«Parece un esbirro, habla como un esbirro y piensa como un esbirro. Estoy en una peli de James Bond. Gracias, Sergio».

Cuando llegaron al edificio donde estaba el despacho de Ruigémez, el chófer y el asesino ya parecían íntimos. XXX se bajó del coche sonriendo porque su interlocutor había hablado más de la cuenta. Ya sabía dónde vivía el millonario y cuáles eran sus horarios de entrada y salida habituales. La guarida del villano tenía más seguridad que el coche en el que había estado montado. Un búnker con piscina y pista de tenis. Desde hacía poco vivía solo. El servicio se marchaba a medianoche porque al empresario le gustaba saber que estaba solo en casa. Le gustaba el silencio.

Mientras le acompañaban al despacho, XXX recordó las órdenes de Sergio: «Es un desayuno. No lo ejecutes en el despacho, eso en su casa. Tienes que conseguir que te invite a ir». Un wasap que no incriminaba ni nada por el estilo, pero era claro. XXX no iba a matar a nadie ese día. Tampoco era su plan, no era práctico. La vía de escape era dificultosa y el horario no ayudaba. Demasiada seguridad por todas partes. A plena luz del día en un rascacielos en el *downtown* financiero de Madrid. No era factible.

Sergio lo sabía y por eso aconsejó a su amigo que se esforzará en salir de allí con un segundo encuentro en otra parte en la agenda. También fue propuesta de Sergio que XXX hiciera lo posible para que la cita fuera en la mansión de Ruigémez. De esa manera podrían sobornar al servicio y a la seguridad para que la noche señalada estuvieran más distraídos. El dinero pagaba vías de salida en cualquier lugar. Y mucho dinero pagaba también el silencio.

La meta era conseguir llegar a la mansión. XXX tendría que emplearse a fondo en su faceta de relaciones públicas. Le amedrentaba un poco que hasta entonces nunca había tenido que engañar a alguien tan listo como Ruigémez. Todo el mundo coincidía en esa virtud del presidente: una viveza sin igual para ejercer su poder sin miramientos. A XXX eso le ponía. Este trabajo sería su Copa de Europa. Era lo que pensaba para motivarse.

—Hombre, estrella, bienvenido. Has llegado puntual —lo saludó Ruigémez, pasando por alto que había llegado a la hora establecida por su propia planificación y no por los méritos de su invitado.

—No podía llegar tarde. Creo que es la primera vez que voy a desayunar en la última planta de un rascacielos. Y además con alguien tan importante como usted.

«Pelotear un poco siempre está bien».

—He pedido café y tostadas con aceite y tomate. Es lo que suelo desayunar. Si quieres algo diferente, pídelo sin problema.

—No, no, está perfecto —dijo XXX mostrándose humilde.

—¿Lo pasaste bien en el palco el otro día? —Valentino se lanzó de cabeza al interrogatorio.

—La verdad es que sí. Fue divertido, pero tengo que confesarle algo…

—De tú, trátame de tú, por favor —pidió Ruigémez.

—De acuerdo. Soy de los de las rayas y que ganaseis no me hizo mucha gracia —reconoció XXX entre risas.

—Nadie es perfecto, XXX. Al final, el Riviera abraza a todos. —Valentino habló un poco como un cura en la misa del domingo—. Perdónalos porque no saben lo que hacen...

XXX aprovechó ese arrebato de condescendencia del presidente del Riviera y le contó la historia de su abuelo y su campaña de conversión. Lo que sucedió después fue extraño: Ruigémez se emocionó sin venir a cuento y empezó a llorar desconsoladamente. El relato tampoco había sido tan brillante ni tan dramático, así que XXX se quedó un poco sorprendido al ver a alguien como Valentino llorar sin un motivo contundente.

«¿Será una prueba?», pensó XXX.

—Ya que estamos de confesiones, he de decirte que me conmueven estas historias con el club. El amor a los colores y a la familia. Todo unido —dijo Valentino en un tono que era una mezcla del de un cura con el que usaba en las asambleas de socios: evangelizador y populista.

XXX tenía que cambiar de tercio. El objetivo de ese desayuno era hacerse amigo del presidente, no ponerse sentimentales, que aquello ya parecía un episodio de *This Is Us*.

—Hablemos de cosas más mundanas, que es muy pronto para estar triste, ¿no? —preguntó la estrella mientras sonreía cómplice—. No he tomado ni el primer café y casi estoy llorando.

—Llevas razón.

Entonces, uno de los hombres más poderosos del mundo sacó un pañuelo amarillento del bolsillo con pinta de haber vivido más años de los que correspondían. Se sonó la nariz con un estruendo que nada tenía que envidiar a Louis Armstrong con la trompeta. Una vez. Dos veces. A la tercera, XXX estaba convencido de que el presidente del Riviera iba a echar masa cerebral por las fosas nasales.

«No debe ser sano hacer eso», pensó XXX, que no era muy tiquismiquis con los fluidos corporales, pero no soportaba que la gente perdiera las buenas maneras.

Terminó el concierto de Valentino y la puerta se abrió tras dos golpes. Entró un camarero empujando un carrito con el desayuno. Dos jarras de plata reluciente, un par de platos con tostadas. Salvo en el saludo inicial y la indicación de que lo dejara junto a la mesa, Valentino no miró a su trabajador. Le consideraba inferior, se notaba el desprecio en la mirada. Cuando se marchó y el millonario sirvió el café, soltó una pregunta que descolocó a XXX aún más que la gestión de las mucosidades del presidente del Riviera.

—Tu jefa, ¿qué? ¿Crees que me la puedo trincar?
—¿Cómo? —XXX no daba crédito.

La prensa especializada en economía, y también la deportiva, decían que Valentino era un hombre de éxito hecho a sí mismo, inteligente como pocos, afortunado en las inversiones, poderoso de poderosos, cuando en realidad era un Andrés Pajares con suerte y sin cocaína.

—Que si me la puedo follar —repitió Valentino.
—Eh…, a ver, no sé. Es una mujer casada y suele hablar mucho de los valores de la familia y tal —dijo XXX intentando recomponerse.

«¿Esto está pasando?», pensó XXX, que de repente comenzó a barruntar las razones por las cuales Anabel había salido ilesa de su ataque sin cuartel a Valentino.

—Eso son paparruchas que no se cree ni ella. Las que dicen eso son las peores, te lo digo yo, que he conocido a muchas mujeres así. —Volvía el tono evangelizador pero con tintes misóginos.

XXX salió de su estupor y se dio cuenta de que tenía delante la oportunidad que necesitaba. Fue entonces cuando se le ocurrió la estrategia que podría resolverle la logística del encargo. XXX tiró el anzuelo.

—Pues creo que lo primero sería invitarla a cenar en un sitio discreto.

Ahora faltaba que Valentino picase. XXX no dejaba de repetirse para sus adentros que estaba siendo demasiado fácil.

—Podemos montar algo en mi restaurante favorito. Son los mejores para eso —sugirió Valentino.

El restaurante El Caballo estaba cerca del estadio y era el lugar preferido por Valentino. De suelo de moqueta y vinos de Rioja, las cortinas carmesí separaban las estancias donde comían los clientes. El Caballo era el símbolo de la ranciedad culinaria madrileña, el escenario de tratos cerrados delante de acompañantes con datáfono en el bolso. Nadie que tuviera menos de cuarenta y cinco años iba allí. Olía a cerrado.

—No lo dudo. Pero ¿aquí estamos hablando de follar o de cenar? —No había nada como un ataque frontal para dominar una conversación.

—Soy un romántico y me gusta seducir, porque yo soy un *gentleman*, aunque a veces tengo mis arrebatos. Y también soy un poco vanidoso. Me gusta que la gente me vea con mujeres guapas. —Lo dijo con el pecho hinchado de orgullo y creyendo cada palabra que soltaba por esa boca que cerraba acuerdos millonarios.

Su parecido con Peter Sellers era tal que XXX no podía creerse que Valentino Ruigémez estuviese convencido de que era un seductor nato. No podía ser. No era alto, el injerto de pelo no había salido bien, sus gafas estaban pasadas de moda y sus trajes, por muy caros que fueran, parecían antiguos. Tampoco era guapo y su único atractivo eran el poder y el dinero. La corte de pelotas que tenía a su alrededor era enorme y sonora. Si muchos te decían que eras guapo, al final te lo acababas creyendo, ¿no? Se tenía a sí mismo por una especie de Paul Newman ibérico.

«Tengo que apretar porque este gilipollas se cree Rodolfo Valentino», pensó XXX.

—Si te soy sincero, y conociendo a mi jefa, veo más factible que cenéis, qué sé yo, en tu casa, sin testigos, y ahí ya te pones a seducir y a lo que quieras —dijo XXX bajando la voz, para que pareciera que le estaba contando un secreto.

—¿Tú crees? —preguntó Valentino.

«Te tengo».

—Es la mejor opción. A ella la haces sentir importante y tú juegas en casa. Además, no hay riesgo de que se quede a dormir, tiene que volver a casa con su marido.

—Seguro que se pone cachonda con tanto secretismo —concluyó el presidente.

—Yo haré de carabina. La acompaño hasta tu casa, os presento, me tomo un vino con vosotros y luego me voy. Ella lo agradecerá. —El asesino había encontrado el pretexto ideal para ir a su casa.

—Claro. Caras amigas. Anabel se fía de ti. —La sonrisa de Valentino era enorme.

—Exacto. Es un plan más sencillo, y cuánta menos gente esté implicada, mejor, ¿no? —Lanzó la pregunta para rubricar el trato.

—Me gusta cómo piensas, estrella. ¿Te encargas tú de arreglar la cita? —pidió Valentino falsamente. Era orden disfrazada de humildad.

XXX asintió.

—A mi jefa seguro que este viernes le va bien, suele ser el día que hace planes por su cuenta.

—La conoces bien, ¿eh? —Y con un gesto de complicidad, le guiñó un ojo.

—Un poco, sí.

—Pues listo, el viernes cena y polvo con tu jefa. En mi casa no se me escapa ninguna.

«No puede ser más gañán. Y baboso».

La imagen que transmitía el presidente y exitoso empresario era completamente distinta a lo que XXX había visto durante ese desayuno. Se le había caído el mito, ya no le imponía. Y además, sabía que se iba a cargar a alguien despreciable. La propaganda que controlaba como un dictador había hecho su trabajo. La sensación de estar delante de un ser superior, como vendían algunos, se disolvía a cada palabra que soltaba por ese piquito de oro.

—¿Quieres que te eche un poco de misterio al café?

«Esto es surrealista».

XXV

Madrid, miércoles 24 de abril de 2019

El chófer de Valentino dejó a XXX delante de su casa. La vuelta había sido mucho más distendida: había menos tráfico, no tenían que llegar a ninguna hora a ninguna parte y ya se conocían. XXX agradeció el tiempo de trayecto en el búnker insonoro, además de la risa histérica de desquite por cualquier cosa que le contara el chófer. Aprovechó para mandar un mensaje a Sergio. Tenían que verse en persona. Lo que acababa de suceder en el despacho de Valentino no era para menos.

Llegó mucho antes que Sergio a los jardines de Sabatini. Se sentó en un banco y se puso una banda sonora para esperar y ordenar las ideas. Si lo pensaba, en realidad, no era ninguna sorpresa que Valentino persiguiera a Anabel como a una perra en celo.

La gala de los premios PT de Oro 2018 se celebró en diciembre en el Palacio de Congresos como todos los años. Sobre el escenario, el presentador sostenía el sobre que coronaría a Anabel González. Otra vez. Había ganado ocho veces consecutivas el premio a mejor programa matinal. XXX miraba a su jefa desde la butaca de al lado. Había ido de acompañante, era su +1, porque a él, a pesar de su éxito, no le habían invitado ni nominado.

«Te quiero cerca. Me servirás de escudo contra los pesados. Y si gano, entonces es que eres mi amuleto», le había dicho ella el día que le invitó a la gala.

Anabel sabía que estaba en pantalla. Bueno, lo sabían ella y todos los de alrededor: la cámara tenía encendido el pilotito rojo y el aparato era bastante grande. Ella sonreía simulando unos nervios que no notaba. Sus rivales de categoría estaban haciendo un esfuerzo titánico para contener el asco que sentían por lo que estaba a punto de pasar.

—El PT de Oro al mejor programa matinal es para…

Mi jefa logró contenerse. Hasta que no sonó su nombre no se levantó. Emocionada, saludó durante el paseo hasta el escenario. A nadie en concreto y a todos en general. Era puro teatro, como en cualquier gala y con cualquier persona premiada. Cuando dicen lo de «No me esperaba esto. No tenía nada preparado» es mentira. Y gorda.

XXX aplaudía con entrega. No por esperado (y medio amañado) dejaba de ser un premio importante. Que el programa donde trabaja fuera reconocido con galardones le iba bien para su estatus y para futuras negociaciones. Él consideraba que había ayudado a colocar el programa en una posición casi inalcanzable para la competencia. Su ego incluso le intentaba convencer de que ese éxito era por él, por sus aportaciones y por los cadáveres que había puesto sobre la mesa.

—No quiero dejarme a nadie fuera y, si me falta algún nombre, lo siento. —Anabel seguía con el numerito de los nervios y la modestia.

XXX estaba esperando escuchar su nombre reverberando en la sala. Sonreía porque él también sabía que la cámara le estaba enfocando.

—Gracias a todos los departamentos, al editor, a los compañeros de plató, al equipo de cámaras, producción, redacción, iluminación, maquillaje... Sin vosotros no sería posible.

«Ahora viene mi nombre». XXX ya saboreaba ese instante de gloria.

—Gracias a todos, pero sobre todo a alguien sin cuya ayuda de estos últimos años yo no estaría aquí recibiendo este premio.

XXX creció en la butaca. Se enderezó. Contra todo pronóstico, estaba emocionado.

—Gracias a Francesco Soracco, el CEO del grupo MediaGlobal, el jefe de todos, porque su confianza nos da alas.

Tras una ovación poco entusiasta del público, Anabel abandonó el escenario. Sonó la música de la gala y dieron paso a publicidad. XXX se levantó y fue en dirección al corrillo de jefazos e invitados VIP, donde se había parado su jefa. Tenía herido el orgullo. Merecía una pizca del discurso. Su abuela estaba viendo los premios desde casa y quería ver a su nieto y escuchar su nombre. Se cruzó con varios compañeros de profesión que le felicitaron. Él daba las gracias sin detenerse, solo quería llegar hasta Anabel.

—¡Aquí está el niño bonito del programa! —Anabel interrumpió la conversación del corrillo e hizo que todos se volvieran a mirarlo—. Sé que me he olvidado de ti, pero también me he olvidado de Joaquín, que es el segundo presentador.

XXX sabía que no podía reaccionar mal delante de Francesco Soracco y Massimo Cerlottini; los italianos eran los mandamases de la televisión en España. Además, ni siquiera sabía quiénes eran las otras momias que estaban allí mirándole fijamente.

—No pasa nada, Anabel, yo soy parte de tu equipo, he sentido tu agradecimiento cuando has nombrado a todos los departamentos.

—Así me gusta, que aquí la jefa, la estrella, soy yo...

Anabel se calló en seco y se puso lívida antes de darse media vuelta, enfurecida. Al moverse, quedó a la vista el flequillo de injerto de Valentino Ruigémez, que se reía echándose hacia atrás y cogiéndose del cinturón. El desconcierto era general. Anabel tuvo que hacer una complicada operación entre el vestidazo de gala y los tacones para hablarle a Valentino a la oreja y a la vez mantener las distancias. Por su lenguaje corporal y por su inconfundible gesticulación furibunda, no cabía duda de que Anabel estaba muy enfadada. XXX sabía lo que tenía que hacer.

—Señores, señoras, qué honor tener la oportunidad de presentarme.

Hizo una ronda agasajando a unos y a otros mientras su jefa despachaba con el presidente del Riviera algo más tranquila y alejada del grupo. Cuando Anabel se reincorporó al corrillo, se inventó una fiesta inexistente con el equipo de *De buena mañana con Anabel* para salir de allí.

XXX casi se había olvidado del cabreo, porque en ese auditorio acababa de suceder algo que se le escapaba. Según su jefa, Valentino le había tocado el culo, pero no un poco, sino hasta el fondo. Cuatro meses más tarde, la promesa de Anabel de que la cosa no quedaría así se materializó en la campaña de desprestigio más salvaje que se había hecho nunca en el programa.

Sentado en el banco de los jardines de Sabatini, frente al palacio Real, XXX se echó a reír al darse cuenta de que Valentino estaba realmente obsesionado con su jefa.

XXVI

Madrid, miércoles 24 de abril de 2019

El día era precioso, una mañana de abril agradable para caminar. Sergio, como XXX, era aficionado a pasear por Madrid. Si no hacía mucho calor, claro, eso no lo soportaba. Desde que salieron el domingo del estadio, Sergio sospechaba que le seguían. Pero debían ser buenos porque parecían invisibles. Quizá eran los nervios por el encargo. O por su ascenso. El que no les había mencionado a los jefes todavía, porque a los jefes no les gustaban según qué propuestas. Desde hacía tiempo, Sergio tenía la intención de hablar con Gatsby para cambiar de rol. Sabía que tenía las aptitudes necesarias. Tal vez después de lo de Valentino llegaría el momento de la reunión en persona.

No cabía duda de que alguien le estaba siguiendo. Le vigilaba. Lo sabía. No lo veía, pero lo sentía. ¿Gatsby tendría dudas sobre su capacidad para ejecutar su última orden? Le vibró el móvil en el bolsillo y lo sacó para mirar quién llamaba.

«El gilipollas del Engolado», pensó para sus adentros.

—Dime, Aitor. Buenos días.

—¿Tenemos novedades?

—Pues voy a encontrarme con XXX y me dará más detalles.

—¿Crees que lo logrará?

—Seguro. ¿Dudáis?

Aitor Engolado vio su oportunidad. Cambió el tono de voz y eligió uno más cariñoso.

—Para nada, Sergio. Lo que pasa es que, ya lo sabes tú, en este tipo de cuestiones un fallo se paga muy caro.

—Lo sé perfectamente. —El tono de Sergio era de enfado.

—Sabes que si se establece un plan y no se ejecuta como queremos, a los que mandan no les agrada. —Aitor seguía hablándole como si fuera un consejo desinteresado, fruto de la amistad.

—Lo sé perfectamente. —El tono de Sergio seguía siendo de enfado.

—Pues nada, Sergio. Mantennos informados.
Fin de la llamada.

«Este tío quién cojones se cree». La indignación nubló el juicio de Sergio y le impidió darse cuenta de lo que pasaba. Además, nunca hubiera concebido que Engolado fuera a por él. No lo tenía por alguien sibilino. Como decía Gatsby, no era el lápiz más afilado del estuche, solo era un gilipollas con suerte. No obstante, un gilipollas que podía quitarle la vida cuando quisiera. Con el chasquido de los dedos. Porque, a fin de cuentas, era el hijastro de Gatsby.

A Sergio le estaba sentando fatal el paseo, de repente tenía mucho calor. Empezó a sudar. Estaba mareado, pero decidió apretar el paso para reunirse con XXX cuanto antes.

XXVII

Madrid, miércoles 24 de abril de 2019

Auriculares conectados y bandas sonoras a tope. XXX aún no tenía claro qué había pasado esa mañana en la última planta del rascacielos. Desconfiaba de lo que había vivido, de su percepción. La víctima no podía ser tan gilipollas. El mundo no era un lugar que idolatrara a los idiotas. O tal vez sí.

Debería llamar a Sergio para saber si le había pasado algo: era impropio de él no llegar diez minutos antes. Le mandó un mensaje de texto pidiéndole una prueba de vida. XXX quería explicaciones y las quería ya. Se habían vuelto las tornas, sentía que se las debía su amigo a él y no él a su cliente. Se sentía como Dorothy cuando conoció al mago de Oz.

Si alguien como Valentino había llegado tan alto, entonces una persona realmente válida debería dominar el mundo. XXX estaba indignado. No se esperaba conocer a un ser que era la simbiosis de Ozores, Esteso, Pajares y el director de la Caja Rural de su pueblo. Había sido una sorpresa y una decepción. No solo porque pensaba que tenía entre manos una tarea complicada, un reto que le motivaba, sino porque si el presidente del Riviera había resultado ser un gañán y entendía que era un peligro para los jefes de Sergio.

¿De qué cojones estábamos hablando? Algo se le escapaba. No podía ser tan simple todo. O sí y los mortales lo complicaban innecesariamente.

La mañana de la decepción y de la planificación. Ya tenía el billete de ida a casa de Valentino; el de vuelta seguía en el aire. Lo más sencillo era cargárselo y sentarse una hora a esperar. O dos, las que hicieran falta. El cómo no le inquietaba, porque Sergio le había asegurado que podría marcharse tranquilamente, que la salida y la limpieza las tenía cubiertas él. Era demasiado fácil. XXX buscaba la trampa, pero no la encontraba. Era simple, casi infantil.

Sergio entró en su campo visual por la izquierda y tomó asiento a su lado. No se abrazaron, siguieron mirando al frente. Desde que XXX había aceptado el encargo de Sergio, la broma de que vivían como en una película de espías se había vuelto verdad. Y además, uno de los protagonistas era un señor que vestía trajes grises y olía a Varon Dandy.

XXX procedió a contarle a Sergio lo que había pasado durante el desayuno con todo lujo de detalles, mientras su cara y su lenguaje corporal eran tan relajados como si estuviera hablando del tiempo y los achaques.

—Sergio, en serio, explícame qué ha pasado, por favor. No puede ser verdad.

—Desgraciadamente, lo es, amigo.

—Pero en qué manos estamos... ¿Nos dominan unos gilipollas? —La voz de XXX era un lamento.

—Podría ser. Por algo que a ti y a mí se nos escapa, son los que mandan. Tal vez llegaron primero. No sé —dijo Sergio bajando la cabeza.

—Somos más inteligentes que ellos, hostias —protestó XXX.

—Sí, de eso no cabe duda. Sin embargo, ellos mandan y nosotros somos peones. —Sergio miraba a los lados inquieto mientras decía eso último.

—¿Estás nervioso? Ya sé que me vigiláis. Y asumo que en mi casa hay micros también.

—No es eso, tranquilo. Ya te contaré —esquivó Sergio—. En cuanto tengas confirmada la fecha de la cena, dilo en voz alta y clara en tu casa.

—Te lo puedo decir ya si quieres. Será el viernes por la noche. Él me ha sugerido cuando me iba que le venía bien esa noche. Yo le he comentado que Anabel despejaría su agenda de lo que sea que tenga por estar cara a cara con Valentino. Y se tragó eso y que lo más sensato era hacerlo en su casa. No me explico cómo…

—En realidad es un mito que habías creado tú sin ninguna prueba que lo sustentara —repuso Sergio—. Los poderosos también cagan, también quieren follar y también son idiotas.

—Ya, tío, pero no deja de ser un shock. Toda la vida pensando que la gente poderosa es brillante, inteligente y demás para descubrir que son igual de gilipollas que tu vecino de arriba… No sé, me da rabia —se quejó XXX.

—Te entiendo perfectamente. A mí me pasó lo mismo, pero después de tantos años ya estoy curado de espanto —le consoló Sergio. Sin embargo, XXX tuvo la impresión de que su amigo quería irse de allí.

—Lo dicho, el viernes sobre las nueve y media de

la noche estaré en su casa —dijo XXX dando a entender que estaba a punto de despedirse.

—Muy bien. No habrá problema. Tendrás la salida sin obstáculos, de eso nos encargamos nosotros. Despejaremos el camino, y también lo que dejes dentro.

—Ya me lo dijiste el otro día. También estoy mosqueado por eso. O impresionado, o no sé. Es todo demasiado fácil y está mejor que bien pagado. Si fuera una película, le estaría gritando a la pantalla que no lo hiciera, que era una trampa.

—No es nuestra primera vez. Tú solo tienes que eliminarle, ¿entendido?

Hubo un silencio afirmativo. Las miradas volvieron al frente. Aprovecharon la pausa en la conversación para encenderse un cigarrillo.

—¿No te parece muy fuerte que se quiera tirar a mi jefa? —preguntó XXX, y Sergio se rio de sopetón. El humo le hizo toser.

—Ya… —Sergio seguía sonriendo.

—Joder, tío. Vaya cuadro…

—Ya te digo.

—Solo por eso ya merece morir —soltó XXX a carcajada limpia.

—¿Y por qué tiene el despacho forrado de dorado? Y lo de la moqueta marrón, ¿qué? —La risa había relajado la tensión que sentía Sergio.

—No sé, amigo. No sé… —XXX sacudía la cabeza incrédulo.

Volvieron a reír.

XXVIII

Madrid, viernes 26 de abril de 2019

Valentino se miraba al espejo y tarareaba una canción, la que entonaba cuando sabía que iba a follar: «*Buenas noches, señora. Buenas noches, señora..., hasta la vistaaaaaaa*». Solo se sabía esa parte, pero le hacía gracia. A su exmujer le ponía furiosa, y no porque no fuera fan de Bertín. Le ponía de los nervios saber que su esposo quería mancillarla, le despreciaba por planear el sexo. También por otras muchas cosas, pero lo de la dichosa cancioncita... Se había casado con Valentino por lo que muchas parejas terminan juntas (y posteriormente divorciadas): porque «ES LO QUE TOCA», el mantra de cuatro palabras que ha destrozado más vidas que la heroína.

En su fuero interno, Valentino estaba nervioso. Aunque tarareaba y pensaba que iba a follar, estaba acongojado. La rebosante confianza en sí mismo que tanto alababan los periódicos se diluía en asuntos de cama. Nunca había sido un triunfador con las mujeres, nunca había sido el más alto ni el más atractivo. Para colmo, tampoco era bueno en los deportes y su pistolita era de cañón corto.

Todo eso le había creado un complejo de inferioridad descomunal que afloraba en ese tipo de situaciones. Aunque no era menos cierto que había sido el motor de su vida, ojo. Había sabido utilizar toda esa fuerza negativa para triunfar, para demostrar a todos aquellos que se rieron de él en el instituto que estaban equivocados. Y pese a haber conseguido todo lo que se propuso, incluyendo una confianza a prueba de balas, Valentino se seguía haciendo pequeñito cuando una mujer se le acercaba.

Así había estado años y años, siendo de acero en una sala de reuniones e intentando ser de acero en un dormitorio.

XXX se miraba al espejo y no tarareaba. Silencio. Tenía mala cara porque había dormido mal los últimos dos días. Él, coqueto al máximo, veía que las ojeras eran más oscuras que de costumbre y que parecía más pálido. No entendía por qué. Bueno, sí. Estaba preocupado, no por lo que tenía que hacer aquella noche, para nada. O eso pensaba él. Tenía un mal presentimiento, como si fuera un jedi.

«Algo no está bien. Sergio no está bien. ¿Es por mí? ¿Por si la cago? Y si la cago, ¿él la caga?». Su mente era un bucle de los tres mismos pensamientos.

Intentaba poner la mente en blanco, pensar en otra cosa. Todavía no había decidido cómo iba a ejecutar el encargo. La certeza de saber que no habría consecuencias, que era un partido comprado, ponía a XXX en una situación extraña para él. Siempre había actuado con la máxima de no dejar evidencias, de tener una coartada, de matar con elegancia, de ser eficaz; pero ahora tenía tanta libertad que era agobiante. Sería su primer asesinato sin consecuencias hiciese lo que hiciese. Podía mearse en la boca Valentino y llenar la casa de pruebas que, según le había dicho su amigo, no pasaría nada, lo tenían todo controlado.

«¿Y si Sergio me ha mentido? ¿Y si me está utilizando y me van a cargar con el muerto?».

XXX se reprendía por pensar eso de alguien a quien consideraba más que un hermano. Hacía tiempo que había llegado a la conclusión de que Sergio era la persona más importante de su vida, su relación más estable. Por eso le parecía inconcebible la idea de que Sergio le hiciera algo así.

Impasible ante el espejo del baño, con el pelo mojado, los «y si» se acumulaban dentro del cerebro del asesino. Todo era demasiado feo como para ser verdad, pero, al mismo tiempo, todo era demasiado fácil para ser verdad. Y enrevesado también. La decisión inteligente era ser profesional: sin huellas, sin testigos, rápido, efectivo, sin florituras. Por si acaso. No por Sergio, sino por sus jefes, que usaban y tiraban a las personas sin pestañear.

«Que si me quieren joder, que por lo menos se lo curren», pensó y se sonrió. Ya se veía más guapo. Quizá, esa chulería inconsciente por no saber (o no querer saber) la magnitud de lo que se le avecinaba fue lo que hizo que XXX se activase. Sergio era su mejor amigo y confiaba en él. Si le iba a tender una trampa, nadie mejor que él. «Y si me muero, pues mira, mucho llevo rondando y en algún momento tenía que pasar… Además, dejaré una gran noticia. Iré todo de negro».

El chófer le esperaba en la puerta. Le llevaría hasta la casa de Valentino. Durante el trayecto, XXX repasaba mentalmente su guion. El silencio del coche y del conductor y los nervios no le ayudaban a concentrarse, pero era sobre todo la ausencia casi absoluta de ruido lo que le alteraba.

«¿Sabría el chófer quién iba a cenar a casa de Valentino aquella noche? ¿Y lo que pasaría después?».

Todo estaba a punto de ponerse patas arriba y el mundo permanecía ajeno, ignorante. XXX pensó que, en el fondo, la ignorancia era el motor de la vida de la mayoría de la gente, pero no de la suya.

Él sí que conocía el futuro inminente, o al menos lo intuía a grandes rasgos.

Valentino llevaba puesto un batín de seda, granate y sin iniciales, que eso era muy hortera. En su mansión, le gustaba vestirse como el de la revista *Playboy*. Debajo del batín, llevaba un pijama del mismo color y de la misma tela. En los pies, unas pantuflas de cuero con las letras VR bordadas en cada empeine. Iba vestido igual que lo haría un villano en una peli mala de espías y olía a ese tipo de colonia que usan los hombres con educación clásica. Un olor fuerte y varonil. Una fragancia para compensar la ausencia de algo. «Así debe oler un hombre de verdad», se decía cada vez que se perfumaba.

Había pedido al servicio que dejasen encima de la mesa del comedor la cena. Tres invitados para cenar, dos para la copa de después. Él haría las veces de camarero para demostrar ante Anabel que es una persona sencilla y autosuficiente, como ella. Ese numerito había impresionado a la reina de los mármoles y Valentino quería repetir el truco.

«El sushi este seguro que les gusta».

Él hubiera preferido un buen trozo de carne y un vino tinto señorial, pero entendía que sus comensales eran personas con ánimo más moderno a la hora de cenar. Tenía todos los detalles cubiertos, o eso pensaba él, para impresionar y dar una imagen cosmopolita. Aparentar para desnudar.

Retrocedió un par de metros para ampliar su visión de la mesa: cubertería de oro, cristalería impoluta y perfectamente colocada, servilletas de algodón egipcio, el vino en su sitio, centro de mesa de flores frescas. Perfecto.

«Ahora solo falta que lleguen. A XXX a lo mejor le facturo sin cenar y me quedo con ella a solas».

Entonces, como un rayo que atraviesa el cielo justo antes de una tormenta, Valentino sintió miedo.

El temor de no estar a la altura de semejante espécimen, porque, para Valentino, Anabel era una mujer de bandera que seguro que devoraba a los hombres.

«¿Y si me corro muy rápido? Tengo que aguantar...».

Valentino miró su reloj de más de cien mil euros. Era de oro con diamantes, opulento y de un mal gusto tremendo. Parecía de imitación de tan exagerado que era. Los que lo diseñaron tenían en mente a millonarios con poco estilo. Valentino se dio cuenta de que tenía tiempo para «descargar la escopeta», como decía él. Eso le relajaría. Se quitó el amasijo de mecanismos suizos que lucía en la muñeca derecha y lo dejó sobre el asiento de al lado del sofá. Encendió la megapantalla que ocupaba prácticamente una pared entera de la estancia. Tenía grabado un programa de deportes, una tertulia donde se gritaban los periodistas y aplaudían a Valentino discretamente. Bueno, y no tan discretamente. Casi todos eran sus soldados. Al presidente le encantaba la chica que leía los mensajes. La había elegido él personalmente. Si por él fuera, la invitaría a cenar *chuchi* a su casa, pero sabía que era demasiado mayor para ella.

«Aunque en algún momento, ojo».

Cogió los pañuelos de papel que estaban junto a

la mesilla de cristal y se los colocó en el regazo, no quería mancharse el modelito. Buscó el momento exacto en que empezaba la sección de la chica. Charo mira a cámara y charla con el presentador.

«A él no me lo follaba aunque sé que le encantaría».

Nota cómo el pantalón de seda le aprieta un poco. Incluso que empieza a estar mojado.

«Vamos al lío. Tictac».

Valentino ya estaba con la polla en la mano. Gimió cuando la joven Charo dijo nombre, y luego seguían las alabanzas: «El presidente sabe decidir. Siempre lo hace bien».

Se le entrecortó la respiración. Solo llevaba dos minutos, pero ya estaba punto.

«Me encanta esta chica. Qué bien lee. Y al otro también me lo follaba, joder. Una noche loca».

Se oyeron pasos cercanos. La paja se interrumpió, pero la mano continuó sosteniendo el miembro.

—¿Cómo has entrado?

XXIX

Madrid, viernes 26 de abril de 2019

En el portal, Sergio se cruzó con un desconocido que ni le miró. Seguía acalorado, sudaba a raudales. Apestaba por culpa de los nervios. Le iban a matar. Todos eran sospechosos. ¿Cuándo sería? ¿En su casa? ¿Qué harían con el cuerpo? ¿Qué pasaría con su familia? ¿Qué les dirían? ¿Qué pensarían?

El ascensor le parecía más estrecho que nunca. Salió buscando el aire, agobiado. Abrió la puerta de su casa con miedo. Aguzó el oído, escuchó el silencio de su casa. No había nadie. Ya no tenía duda de que iban detrás de él. Hacía seis días que habían empezado a seguirlo y la preocupación había devenido en una espiral de paranoia y angustia.

Necesitaba beber agua. Tranquilizarse. Ya era viernes, había llegado el día de la verdad. Salir a la calle para airearse no le había venido bien. No tenía que haber salido. ¿Y si le hubieran puesto una bomba en el piso?

«Estás alucinando, Sergio».

Se rio él solo. No sabía por qué, pero empezó a pensar en Ricky Martin.

«*Livin' la Vida Loca*. Ricky Martin. Perro. Concha Velasco».

Definitivamente, Sergio estaba perdiendo la cabeza en el peor momento. No por la asociación mental, que eso lo hacía bastante, sino por pensar en Concha Velasco, que eso sí que no venía a cuento.

«¿Debería huir?».

Nada de hablar solo en voz alta. La casa estaba llena de micros, eso seguro.

«Actúa normal. Pon música de la que te gusta».

Mientras se dirigía a la habitación, iba pensando en las posibilidades de escape. En cuanto se subiese a cualquier avión, le localizarían. No tenía opción en tren ni en coche. Desafortunadamente para él, fuera del centro de Madrid sí que había videocámaras en todas partes. Su cara dejaría de ser anónima para siempre.

Bastaría con que metieran su nombre y su foto en el sistema, las videocámaras le reconocerían siempre. Los poderosos tenían también tentáculos en la tecnología, como se había demostrado con el programa usado para espiar los móviles del presidente del Gobierno.

Tampoco tenía tiempo para conseguir documentos falsificados ni para encontrar una casa que las redes de los jefes no tuvieran controlada. Sergio siempre había pensado que tener organizada una vía de escape era una pérdida de tiempo. Ahora le parecía la mejor idea del mundo.

«Si salgo de esta, ya tengo deberes. Tengo que conseguir algo fuera de los registros».

No llegó a coger la maleta. Se desnudó y estuvo en la ducha casi una hora. No había rezado nunca ni creído en Dios, pero, durante aquellos minutos bajo el agua, quiso ser el más devoto. Pero no le salía. Seguro que Dios les debía algo a sus jefes.

Eran casi las nueve. Esa noche Valentino Ruigémez moriría por orden de Gatsby y del resto de los miembros de esa logia a los que jamás había visto en persona. Era una certeza. XXX era infalible y estaba todo planificado al milímetro. Quizá moriría también él, pero eso no era una certeza y era lo que mataba a Sergio.

El mundo vive ajeno al presente y al futuro. En unas pocas horas, se conocería la muerte de una de las personas más poderosas del país. La Bolsa se vería afectada durante varios meses hasta que se supiese el nombre de la persona que sucediera a Valentino en el cargo. Miles de millones de euros en contratos quedarían congelados hasta que se solucionasen los acuerdos sin firmar. El paro subiría porque las obras se congelarían durante unas semanas. Los fiscales y ministros que iban al palco del Riviera estarían tensos hasta ver que sus nombres no aparecían en las listas de gastos del fallecido. ¿Y los jueces? ¿A quién consultarían según qué cosas? Muchos otros poderosos se pondrían nerviosos porque no sabrían decidir sin su macho alfa, por el desasosiego de no tener una llamada o un mensaje del pequeño gran dictador. Además, sería una bomba informativa como pocas se habían visto en un país como España. Todos los medios se volcarían con el fallecimiento y XXX sería la estrella dando todos los detalles.

La muerte de Sergio era una nimiedad en medio de aquel tsunami.

«¿Y por qué cojones me quieren eliminar a mí?».

XXX

Madrid, viernes 26 de abril de 2019

Los cuarenta minutos de trayecto silencioso desde que salieron de Ópera hasta llegar a la urbanización se le hicieron insoportables. Cada minuto que pasaba incrementaba la tensión. XXX se comió ese tiempo devanándose los sesos con las posibles consecuencias de todo aquello, preguntándose cómo controlaban los jefes de Sergio las cosas que controlaban, que en realidad era todo. Harto ya de ese silencio, XXX abrió la boca justo al traspasar el coche la barrera de la villa de Valentino.

—¿El presidente recibe muchas visitas aquí? Lo digo porque esto está un poco apartado —dijo en tono vacilón XXX.

—Tan importante como la de hoy, no —respondió seco el conductor.

«Lo sabe, pero ¿lo sabe todo?», pensó XXX y por un instante sintió un escalofrío.

—Mi jefa es una personalidad, pero seguro que don Valentino comparte veladas con gente más importante que Anabel —lanzó a modo de señuelo para resolver la duda.

El chófer no respondió.

—Esto es bastante grande… No es la Zarzuela, pero ¡vaya jardín! —Otra broma de XXX que no hizo diana.

Por fin el coche se detuvo. Justo en el momento en que XXX abrió la puerta para bajarse, el chófer le habló:

—Recuerda que nos encargamos de todo —aseveró mirándole a través del espejo retrovisor con unos ojos azules que no sabía que no olvidaría.

XXX se bajó con la certeza de que todos estaban metidos en esto. Era una conspiración en toda regla. No podía confiar en nadie salvo en Sergio, no había tiempo para las dudas; en Sergio y nadie más. Se recompuso mientras recorría los diez metros que le separaban de la entrada principal. Comprobó que la jeringuilla seguía en su sitio, en el bolsillo interior de la americana, en un falso forro. La jeringuilla contenía un veneno que era indetectable tras dos horas en el organismo. No era muy original ni la opción favorita de XXX, pero eligió ese método porque quería juguetear con la víctima sabiendo que la limpieza y la salida serían sencillas. Dado que el partido estaba comprado, XXX quería darse el gusto de sorprender a Valentino, de ver su mirada cuando descubriera que le iba a quitar la vida. XXX estaba convencido de que ese instante podría entrar en su top de favoritos.

Le pincharía detrás de la oreja al volver del aseo. Al llegar, aguardaría unos minutos, aceptaría la primera copa de cortesía mientras esperaban a su jefa, y luego preguntaría dónde estaba el baño. Valentino estaba en su casa, así que XXX estaba seguro de que el hombre estaría relajado y le podría atacar sin forzarle físicamente. A pesar de la insistencia en que no debía preocuparse, no quería dejar pruebas. Llevaba un par de guantes de látex en el bolsillo del pantalón, se los pondría cuando abandonara el salón. Una vez vaciado el contenido de la jeringuilla, limpiaría las huellas de su copa de vino y escanearía bien la habitación para asegurarse de que no había tocado nada. Después, saldría de la villa tranquilamente y avisaría al número de teléfono que le había pasado Sergio.

Todo eso sucedería una hora y cincuenta minutos después del pinchazo, el tiempo necesario para que el veneno desapareciera. XXX estaba satisfecho, era un plan sin fisuras.

Sin embargo, algo no iba como debía. Al acercarse, se dio cuenta de que la puerta de la mansión estaba entreabierta. Se paró en el umbral y se puso los guantes. Hizo un barrido de trescientos sesenta grados con la mirada y se detuvo en el aparcamiento. El coche ya no estaba. XXX estaba desconcertado y los nervios amenazaban con dominarle.

«Tranquilo, hostias. Tranquilo. Respira».

Se llevó la mano al falso forro, la jeringuilla seguía ahí. La sacó en un movimiento rápido; de poco serviría ante una pistola, pero menos daba una piedra, pensó el asesino. Mira a su alrededor buscando un *upgrade* armamentístico. Lo más agresivo que encontró fue un marco de plata con una foto de Valentino en su yate. Optó por seguir con la jeringuilla.

Se oía discutir a dos personas a lo lejos. Era la televisión, que estaba encendida. Los gritos eran tremendos. XXX reconoció el programa. No salía de su asombro.

«Aquí el escudo no se mancha. Se besa y si está sucio, se vuelve a besar».

«¿Dónde están los tíos?».

«Tictac».

Siguió la pista del sonido. El presentador continuaba con su imitación de un reloj. Avanzaba cauteloso aunque intuía que era una trampa. Se quedó quieto un minuto comprobando que todo parecía anormalmente normal salvo ese tictac que sonaba a todo volumen. Cuando llegó al comedor, descubrió el pastel.

Valentino estaba sentado en el sofá con la polla flácida en la mano y con un tiro en la frente. La pared estaba manchada de sangre y masa encefálica. La cabeza, medio ladeada y dirigida hacia la televisión. XXX dudó al ver la expresión del presidente. No sabía si estaba sonriendo o enfadado, los ojos estaban abiertos. El pantalón granate de seda se había manchado. Había muerto en medio de la paja.

—Hola, XXX.

Era una trampa. Y una sorpresa.

XXXI

Madrid, viernes 26 de abril de 2019

XXX seguía entre estupefacto y admirado. Analizó la escena que tenía ante sí. Vio que había una pistola a los pies de Valentino. Con silenciador.

—Qué callado estás, XXX, no es propio de ti —dijo Anabel con sorna.

—Tienes una gran puntería. Ha sido un tiro limpio. ¿Disparaste desde donde estoy?

XXX comprobó el ángulo del disparo. Había sido perfecto, casi frontal y a menos de dos metros.

—Sí. Le pillé desprevenido —dijo su jefa mirando con asco el cadáver.

—No me hace falta un examen pericial para saber que esa es el arma del delito y que tiene mis huellas

—dijo XXX y señaló hacia el lugar donde yacía la pistola.

—Efectivamente, así que puedes quitarte los guantes. Te van a sudar las manos.

XXX estudió el suelo y lo tanteó con la punta del zapato. Era de madera, de los que crujían a cada paso.

—No sabía que dominabas el sigilo, te tengo más asociada al repicar de tus tacones —alabó XXX.

—Estaba muy concentrado en lo suyo.

—Ya, pero por muy concentrado que estés en la paja que te estás haciendo con un programa deportivo, si alguien aparece en tu salón, lo oyes llegar. A no ser que sea alguien muy habilidoso. —XXX mostraba sincera admiración por el trabajo que tenía ante sus ojos.

—Gracias.

—De profesional a profesional, mi más sincera enhorabuena.

—Gracias, gracias, pero tanto halago no te pega, XXX.

El asesino bajó el volumen de la televisión. Resopló un poco y se volvió hacia la cristalera del salón, donde se atisbaban luces azules parpadeando. Era la policía. La trampa se cerraba del todo. XXX sabía que es su final. Iría a la cárcel por estar en el escenario de un asesinato que no había cometido.

—¿Puedo preguntarte por qué?

—¿Por qué qué? —espetó Anabel sorprendida.

—Por qué esto. —XXX señala el cuerpo de Valentino con energía.

—Muy sencillo. Sergio ya te dijo que queríamos pararle los pies, que estaba creciendo demasiado, que estaba perdiendo el control por completo. Nosotros no queremos a gente así.

«Pero me habíais contratado a mí», protestó XXX para sus adentros.

—Pero te habíamos contratado a ti. Sí.

—No sé cómo lo haces, pero siempre sabes qué estoy pensando. Me tienes martirizado con eso, que una cosa es el trabajo, pero ¿aquí y ahora también?

Justo en ese momento, la reina de las mañanas sonrió mostrando sus blanquísimos dientes.

—En el fondo, somos lo mismo. Matamos a gente, somos ególatras y drogadictos del poder. Queremos fama, queremos dinero y queremos control. Bueno, tú todavía no estás en ese punto.

—¿En qué punto no estoy si puede saberse? —XXX estaba molesto e intrigado.

—En el de fantasear con el poder real. Realmente

no sé si lo deseas o te vale con lo de matar, ser famoso y tener dinero.

El difunto Valentino miraba al frente. Con cara de inocencia. Era testigo de una sesión de sinceridad con olor a muerte.

XXX giró la cabeza mirando hacia el jardín, donde se intuían las luces de los coches de policía.

—¿Están esperando tu orden?

—Efectivamente.

—Yo no he matado a nadie. Las pruebas son solo circunstanciales.

Una risa llenó el salón.

—No te das cuenta, ¿verdad?

XXX apretó las mandíbulas.

—Mira, te lo voy a explicar punto por punto, para que lo entiendas. El día que te cargaste al juez en el camerino me di cuenta de que estabas perdiendo el control. Y de que estabas creciendo demasiado. Yo no me podía permitir que uno de mis chicos fuera más importante que yo.

—Entonces, que salieras corriendo de allí fue puro teatro.

—Qué listo eres. —Sonrió maliciosa.

—Necesitabas una lección. Tenía que bajarte los humos. Como aquel día en la entrega de premios,

¿te acuerdas? Cuando no te mencioné en el discurso de agradecimiento.

—Sí, lo recuerdo perfectamente.

«Cada vez que me acuerdo, me da coraje, hija de puta. Mi abuela aún se acuerda también».

—Pero también he de admitir que me encanta cómo trabajas. En el programa y fuera de él. Soy tu mayor admiradora. También me gusta tu estilo. Siempre limpio, sin pruebas y dejando una historia que contar.

XXX se sintió halagado. Era la primera vez en la que su jefa le lanzaba flores sinceras o que sonasen sinceras de verdad.

—Pero alguien como tú necesita límites —dijo en un tono matriarcal—. Necesitas que te guíen y que te paren los pies de vez en cuando porque puedes descontrolarte y quién sabe... —Anabel hizo el gesto de una explosión con los manos—. Y quién mejor para controlarte que tu propia jefa. Ya te utilizo en la tele, así que pensé que sería bueno ficharte para mi equipo. Para mi grupo. Creo que Sergio te ha contado un poco a qué nos dedicamos.

—Sí, pero no entró en detalles. Es muy discreto. Y tampoco me dijo quién eras.

—Porque no lo sabe. Sergio es uno de nuestros

empleados preferidos. Es una lástima que tengamos que prescindir de él. Pero de eso te vas a encargar tú —añadió la famosísima Anabel González, Gatsby para los muy cercanos, antes de darse la vuelta y abandonar el salón, dirigiendo una última mirada al cadáver que contemplaba la escena mientras su sangre seguía empapando el sofá.

—Es que ni por todo el oro del mundo me habría acostado contigo, Valentino.

Justo antes de cruzar la puerta, con el mismo tono con el que le daría una indicación para el próximo programa, le dijo a XXX:

—Ahora te llamará mi ayudante. Ya le conoces. El cachitas de la fiesta de inversiones que conocía a Sergio. ¿Te acuerdas? Fue hace años, pero sé que nunca olvidas una afrenta al buen gusto y tampoco a tu amigo Sergio.

Eso le sacó del trance.

—Aitor Engolado.

—Eso es. Ahora te llamará para rematar este asunto. Yo tengo prisa, me esperan en una cena que me apetece mucho más que esta.

XXX tenía fuego en los ojos.

—Ah, y una última cosa: la noticia de la muerte de Valentino la daré yo en el programa. En mi programa. Tú me ayudarás con los detalles, pero la noticia la doy yo y la cuento yo, ¿entendido?

La puerta se cerró.

—CÓMO PUDE SER TAN GILIPOLLAS.

Tiró la televisión al suelo.

—VALENTINO, GILIPOLLAS... ME LA HAS JUGADO. CABRÓN. CABRÓN.

Estrelló un jarrón contra la pared.

—JODER, JODER, JODER ¡Sergio, noooooooooooo!

Empezó a llorar.

—A Sergio no, joder. A Sergio no.

Se calmó. Notó cómo el corazón dejaba de palpitar tan deprisa. Respiró hondo. Revisó el percal que había creado en su ataque de ira. Miró a Valentino. Se dio cuenta de que la mesa estaba lista para la cena. El asesino se puso a degustar lo que Valentino «había preparado». Se lo tomó casi como la última cena antes de que todo se fuera a la mierda. Aunque XXX se estaba intentando autoconvencer de que estaba tranquilo, no era así. Cogió varias piezas de sushi y se las metió en la boca casi por inercia. Esperaba la llamada vestido con un traje mental de falso sosiego.

Mientras comía, imagina cómo hubiera sido lo del Retiro convertido en un parque de oficinas.

—Pues va a ser que no, ¿verdad, Valen? —XXX se giró dirigiéndose al cadáver.

«Se está riendo el hijoputa».

—No sé de dónde es el sushi, pero está muy bueno. Ya me dirás dónde lo encargaste.

Carcajada sincera y sonora. Reírse de sus propias gracias no era bonito, pero en esa situación a XXX le pareció una ocurrencia magnífica.

De repente, volvió a la seriedad. Miró el cuerpo otra vez. Le sonó el móvil. Era un número desconocido.

XXXII

Madrid, viernes 26 de abril de 2019

Anabel se subió al coche. Los cristales negros impedían saber quién estaba dentro. Aitor Engolado le entregó una botella de agua según se sentó.

—¿Cómo ha ido?

Anabel lo fulminó con la mirada.

—¿Te he dado permiso para preguntar?

Engolado bajó la cabeza. Aitor sabía que no era el momento de hablar, pero le podía el ansia.

—Perdón.

—Tranquilízate de una vez. No tendrás que preocuparte más por Sergio, ya lo he solucionado.

—No es un capricho, ya te enseñé las pruebas de

que estaba metiendo la mano con las comisiones. No es bueno para los negocios.

—Me enseñaste unos papeles que parecían más un trabajo de un niño de diez años que las cuentas de una de nuestras empresas.

—Esas pruebas son buenas. —Engolado sonrió, al final iba a sacar el as que se guardaba para ese momento—. Además, Sergio, como sabes bien, anhela el poder y tarde o temprano va a querer estar con vosotros en la mesa. Y mandar sobre vosotros. Es él o tú. Es cuestión de tiempo.

Aitor sabía que el miedo a perder su posición era la bestia negra de su madrastra. Era su punto débil. Como el de cualquier dictador. La conversación se detuvo. Anabel se puso a mirar por la ventanilla. Estaba valorando lo que su hijastro le acababa de decir.

«Ya la tengo». Engolado intentaba disimular los nervios y la satisfacción de haber derrotado a Sergio.

Anabel se dio cuenta de todo. Sin mediar palabra y sin un preludio, soltó la mano sobre la cara de Aitor. Los tímpanos del ayudante se resintieron. Miró sorprendido a Anabel. La mano le había vuelto violentamente la cara, la mejilla de Aitor lucía roja.

—Yo decido quién vive y quién muere, ¿entendido?

No hubo contestación.

—Coge el teléfono y llama a XXX.

Aitor sacó el teléfono del bolsillo y ejecutó la orden.

—Cuando te vi en la fiesta me pareciste un gilipollas. Se lo dije a tu jefa, aunque no sabía que era tu jefa —espetó XXX con chulería al otro lado de la línea.

—No voy a entrar en tus tonterías. ¿Cuál es tu respuesta? —preguntó Aitor Engolado, mirando a su madrastra, impostando un tono que le hiciera parecer más duro de lo que era en realidad.

—Yo no negocio con ayudantes. Soy una puta estrella. Ponme en el altavoz, anda. Sé bueno.

Engolado dejó de mirar a Anabel. Sabía que ella lo había escuchado y Aitor no podía permitirse perder aquella negociación. Por eso, se recompuso en el asiento.

—Sigo esperando la respuesta.

Era hasta tierno. Un tipo que quiere ser firme cuando realmente estaba hecho un flan.

—Ponme en el altavoz, que a tu jefa le interesa. Sé un buen ayudante.

Engolado no sabía qué hacer. Miró a su madrastra admitiendo su derrota y pulsó el botón para que escuchase aquello.

—Mira, jefa, te hago una contraoferta. Una vida por otra.

—Te escucho —respondió Anabel intrigada y halagada. Su chico era ambicioso y descaradamente descerebrado. No estaba en una posición para negociar. Si ella lo ordenaba, la policía entraría en la mansión, detendrían a XXX y la trama se cerraría. No se enteraría nadie y ya verían qué hacer con Sergio. Ella sabía todo eso y XXX también lo sabía. Y le daba igual.

«Tiene huevos», pensó admirada Anabel.

—Si mato a Sergio, mañana en el programa te parto el cuello en directo. Y me da igual lo que venga después. Tú vas a ser la estrella de la mañana. El programa pasará a la historia.

Anabel se quedó con la mirada fija en el teléfono mientras sonreía. Aitor miraba a su madrastra con expectación. Aquello no era un farol. XXX era capaz de hacerlo. Engolado no entendía por qué su madrastra no zanjaba aquella conversación delirante, cuando era quien tenía la posición de fuerza en la negociación.

—Ehhh —Aitor cayó en la trampa.

Si su madrastra hubiera tenido una pistola, probablemente le hubiera disparado en la pierna, o en la cabeza. Los ojos de Anabel se abrieron de un modo que el ayudante supo que había errado. Y que lo que iba a pasar después no le iba a gustar nada.

—Perdona a mi ayudante. Teníamos que haber cerrado el trato en persona.

XXX era de la misma opinión, pero no iba a contestar.

—¿Qué es lo que propones, querido?

—Creo que salís ganando. Eres una mujer inteligente y sabes detectar un buen trato cuando lo tienes delante: le perdonáis la vida. Sigue trabajando para vosotros como mi enlace con quienes seáis vosotros, la logia de los poderosos, los Vengadores o como cojones os hagáis llamar. Yo, claro está, paso a ser vuestro asesino a sueldo como me habías propuesto inicialmente.

»Disponéis de mis servicios de asesino y periodista para campañas de desprestigio. Podemos repartirnos las exclusivas en el programa.

»Pero la condición es que Sergio siga vivo y trabaje conmigo.

—¿Crees que puedes negociar o exigir? —Engolado había vuelto a alzar la voz más de la cuenta. Rápidamente miró a Gatsby con ojos temerosos ante su reacción.

Anabel había puesto los suyos en blanco.

—En absoluto. Al contrario. Sé que estoy en la peor posición posible. Por eso os ofrezco un trato muy bueno para vosotros —dijo XXX en un tono condescendiente que no dejaba de ser irónico.

Silencio de nuevo. Anabel se recostó para pensarlo.

—Estate atento al móvil, querido. —El tono suave de Anabel sirvió para cortar la llamada. Se puso a mirar por la ventana de nuevo.

—Sergio es importante para nosotros. Tú no eres nadie, hijo mío. Nosotros decidimos quién se queda y quién se va.

Aitor miraba atento a su madrastra, que se volvió hacia él. Le sonrió. Le acarició la cara.

«Tú no eres nadie, hijo mío». Las palabras de Anabel resonaban en bucle en su cabeza. Eran una bofetada. Más fuerte que la primera. Y no se detenía. Sus ojos se encontraron. Unos estaban húmedos y otros lanzaban fuego.

—Mándale un mensaje. Dile que trato hecho.

El coche se detuvo y Anabel salió del habitáculo

dejando al ayudante al borde del llanto. El bofetón verbal le había hecho revivir recuerdos que creía bloqueados.

Aitor se estaba haciendo pis encima.

El chófer no se atrevió a mirar hacia atrás.

XXXIII

XXX estudió el silencio de aquel salón tan caro y exagerado. Un silencio millonario. Tal vez estuvo quieto cinco minutos. O veinte. XXX no los contó. Estaba en un trance de lo más confortable. Sentía paz. Su mente estaba en blanco. Algunos podrían pensar que durante ese silencio, tras esa negociación, XXX fue feliz. Una felicidad extraña dadas las circunstancias.

Mira a su alrededor. La escena parecía una mezcla de una película de Berlanga con otra de Tarantino: uno de los hombres más poderosos del país estaba muerto con un balazo en la cabeza y los pantalones bajados a media paja. Por el salón parecía haber pasado un huracán y fuera de la casa había un circo. También había una mesa de anuncio llena de sushi y una cubertería que podía mirar a los ojos a la de Buckingham Palace. Aunque ya lo había probado, decidió que, como premio, se merecía una segunda ronda.

«Ahora sí que tengo hambre».

Dejó el cuerpo de Valentino tras él y se dirigió hacia esa mesa. El resplandor de los coches de policía se mezclaba con la luz del salón. Seguían sin sonar las sirenas y tampoco entró nadie en la casa. Todo estaba en calma. Intuyó que el vino era de los que le iban a gustar. Se bebió una copa mientras paseaba por la casa. Le faltaba silbar. La vuelta de honor. La de los campeones cuando ganaban un título. Analizó cada cuadro y cada objeto de la primera planta. Era como en el despacho del muerto: obsceno y hortera, recargado y todo bañado en oro. Hasta el marco de un Picasso era dorado.

«Seguro que no sabía ni quién era Picasso».

No, no lo sabía. Sergio le había contado que ese cuadro fue un regalo de un jeque árabe tras hacer negocios con él, relacionados con un tren de alta velocidad. Junto al cuadro, una foto de Valentino con un señor muy campechano. Estaban en Mallorca. XXX lo sabía porque la foto estaba hecha en el restaurante de un club náutico al que había ido en una comida de trabajo.

Cuando llegó al final de la estancia, XXX se dio la vuelta. Ya había tenido suficiente. El salón, sus diez jarrones, sus cuadros, la madera maciza, la moqueta, los candelabros y todos los accesorios posibles que podrían encontrarse en casa de una folclórica franquista eran demasiado para él. Demasiado mal gusto para un solo cadáver. Se acercó a la mesa donde descansaban los restos casi intactos de la cena. Dejó la copa de vino, se metió dos piezas de sushi en la boca y cogió otras dos para el camino. Pasó por delante de Valentino, que seguía con la mirada fija. Se despidió con la boca llena y con un «Hasta luego, hijoputa».

Enfiló la puerta. Cuando cruzó el umbral, descubrió que, dentro de los coches patrulla que estaban en la entrada, los agentes le miraban como autómatas, esperaban órdenes de alguien. Los de la ambulancia, igual. Estaban esperando a que saliera. Darían fe del fallecimiento y se iniciaría la pantomima de que Valentino había fallecido de un paro cardiaco mientras cenaba solo en casa.

Detrás de la jungla de policías, XXX reconoció el coche de Sergio. Le saludó con la mano a lo lejos. Paseó entre los coches como si estuviera en el Retiro, con las manos en los bolsillos. Le faltaba silbar.

Cuando llegó a la altura del coche de su amigo, se apoyó en la ventanilla del copiloto.

—Me debes una copa, querido.

—Lo sé —dijo Sergio asintiendo. Estaba feliz por verle.

—Vamos al Palomo, ¿no?

—Sí, claro. ¿Dónde si no?

XXX sonrió como cuando salía por la tele.

Epílogo

Madrid, enero de 1996

Llovía y hacía frío en Madrid. Las crónicas destacaban que era el enero más frío en setenta años. Eso empujaba a las familias a quedarse en el sofá de casa, al amparo de la calefacción. La alternativa era una visita al centro comercial más cercano. Algunos (la mayoría) la dedicaban a comprar y/o pasear; los menos, a ir al cine.

Acababa de estrenarse *Se7en*, protagonizada por Morgan Freeman y Brad Pitt. La mayoría de los críticos aplaudían la labor de su director, David Fincher, que venía del mundo de los videoclips. El programa *Días de cine* le dedicó uno de los reportajes más interesantes y más vistos de toda la temporada.

La actuación de Brad Pitt sorprende al gran público. Su papel en *12 monos*, por el que fue nominado a los Oscar, no debió llegar a ese gran público. Cosas del cine.

«Unos de los filmes policiacos más importantes de la historia».

«Sorprendente y terrible».

«El binomio Pitt y Freeman funciona a las mil maravillas».

A la salida del cine, unos padres charlaban con su hijo de quince años sobre lo que acababan de ver.

—Qué buena película —dijo el padre con una voz cavernosa.

—Sí, la verdad es que sí. Y el final, aun esperándolo, me ha dejado pasmada —concluyó la madre.

—Pues fíjate que yo me veo capaz de hacer lo que hace Brad Pitt al final.

Los padres giraron la cabeza al mismo tiempo, con los ojos como platos. La madre abrió la boca para sentenciar a su hijo.

—¿Cómo vas a ser capaz de matar a una persona?

El hijo movió la cabeza lentamente en sentido afirmativo mientras hace una caída de ojos bastante llamativa. Se creía que era James Dean.

—Tú, niño, eres gilipollas.

Seguro que estás algo molesto porque mucho XXX por aquí y por allá, pero en fondo esperabas saber quién soy. Soy el de la tele. El de los asesinatos. Nadie sabe mi nombre, ni siquiera mis clientes.

No soy ni un símbolo ni un mote. No tengo nombre. Bueno, sí lo tengo y soy muy discreto y egoísta con él y con lo que representa. Así que, querido lector, no es nada personal, pero si te digo mi nombre tendré que matarte.

Agradecimientos

Quizá esta sea la página más importante de todo el libro. Gracias a estas personas esta novela existe. Cristina vio que había algo y creyó en ello. José, Clara y Carmen me hicieron llorar de alegría. Gabi es mi nueva mejor amiga. Rubén me animó y siempre estuvo ahí. Miguel, Raúl y Javi, tridente testeador. Toni M. puso un libro en mis manos para que empezase a leer. Iñaki y Dani me desafiaron a ser mejor. Y L. Siempre L. Culpable última de todo.